불국기행

불국기행 깨달음이 있는 여행은 행복하다
ⓒ 정찬주, 2015

초판 1쇄 발행 2015년 5월 12일
지은이 정찬주 | **펴낸이** 박진숙 | **펴낸곳** 작가정신
편집 김서연 김나리 | **디자인** 홍경민
마케팅 김미숙 박성신 | **디지털컨텐츠** 김영란 | **관리** 윤서현

주소 413-756 경기도 파주시 문발로 207
전화 031-955-6230 | **팩스** 031-944-2858 | **이메일** editor@jakka.co.kr
홈페이지 www.jakka.co.kr | **출판등록** 1987년 11월 14일 제1-537호

ISBN 978-89-7288-030-1 03810

이 도서의 국립중앙도서관 출판시도서목록(CIP)은 서지정보유통지원시스템 홈페이지(http://seoji.nl.go.kr)와
국가자료공동목록시스템(http://www.nl.go.kr/kolisnet)에서 이용하실 수 있습니다.
(CIP제어번호 : CIP2015012428)

깨달음이 있는
여행은
행복하다

佛國紀行

불국기행

정찬주 글 ─ 유동영 사진

작가
정신

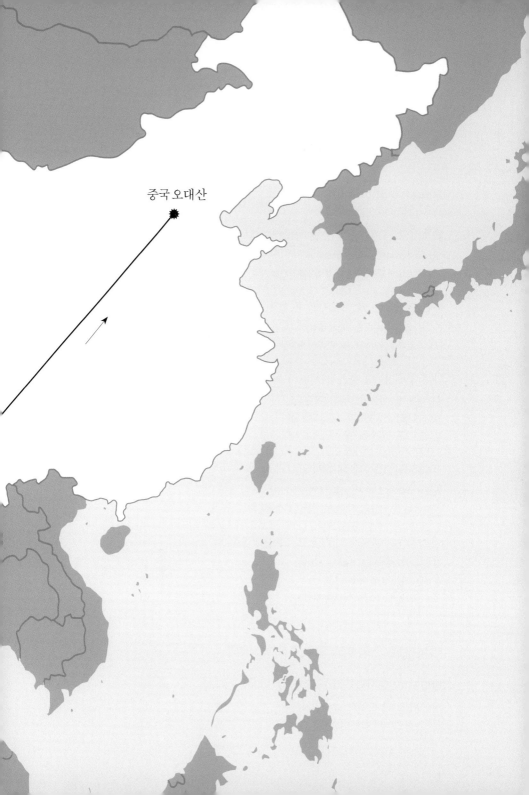

중국 오대산

서문 | 깨달음이 있는 여행은 행복하다   10

첫눈이 오면 공휴일이 되는 나라, 부탄

행복지수 1위의 나라, 부탄 파로에 서다   18
부탄 국민 97퍼센트 "나는 행복합니다"   19
관광객 제한하여 전통 문화와 정체성을 지키는 나라   23

부탄 사람들은 왜 지도자를 존경하고 사랑할까   28
인도와 방글라데시에 전기를 수출하는 나라   28
왕조의 권력을 국민에게 돌려준 부탄 국왕들   32

가족 중에 한 명 출가하는 것이 최고의 공덕   39
승단에 권력의 반을 넘긴 부탄의 통일왕   40
20여 년 동안 경을 외워야 스님이 되는 나라   41
요괴를 가둔 바위 위에 지은 사원, 심도카종   46

'하늘궁전' 지상에 내려와 있었네   52
마음의 스승 두고 고단한 삶을 자족하는 사람들   53
'하늘궁전' 앞에서는 선진국의 부유함도 초라해질 뿐   59

생로병사의 괴로움 내려놓고 '날마다 좋은 날'   66
길 위에서 오체투지로 기도하는 사람들   66
힘들고 고단한 삶을 위로하는 춤   69
부탄 제일의 성지가 된 신비로운 탁상 사원   74

히말라야 기운으로 축복받은 땅, 네팔

망명한 티벳 사람들의 귀의처, 보드나트 스투파   84
네팔 사람들에게 힌두교는 삶, 불교는 종교   84
우주의 지수화풍을 상징하는 보드나트 스투파   90

생로병사가 한데 엉켜 흐르는 바그마티강   93
산 자와 죽은 자가 이별하는 가트   96
삶과 죽음은 하나 '생사일여'의 깨달음을 얻다   100

힌두교와 불교를 공존하게 하는 쿠마리   105
지혜롭고도 잔인한 쿠마리 문화   105
금은세공 기술이 뛰어난 석가족   111

석가족에게 파탄 땅을 선물한 아소카왕   114
카필라성을 잃은 석가족, 파탄 땅으로 와 살다   114
아소카 스투파를 돌며 우리와의 인연을 생각하다   116

그대 자신이 바로 한 송이 연꽃이 되라   123
백룡의 비늘처럼 눈부신 히말라야 연봉들   123
죽기 전에 꼭 봐야 할 세계적인 불교 사원 스와얌부나트   129

신라 여섯 씨족장과 석탈해가 떠난 땅, 남인도

아소카왕의 혼이 깃든 남인도 케랄라주를 가다   140
아소카왕이 전법사를 보낸 땅, 예수가 제자 토마스를 보낸 땅   141
남인도 청년들이 추는 말 춤에 한국인의 저력을 느끼다   143

영국인이 개발한 남인도 최대의 무나르 차밭을 가다   150
남인도 최대의 무나르 차밭, 영국인들이 자국을 위해 개발   156
관세음보살이 상주하는 남인도 해안의 포탈라카산   159

남인도 불교는 왜 힌두교에게 자리를 내주었을까   164
소림 무술을 연상시키는 남인도 전통 무술 칼라리 파야트   164
남인도의 민낯 마두라이로 가는 길   166
스리미낙시 사원에서 발견한 가야의 쌍어문   171

남인도에서 석탈해와 신라 6촌장을 만나다 174

벨란카니에는 석탈해의 후손들이 산다 174

남인도에는 왜 박혁거세와 신라 6촌장들의 이름이 있을까 176

나가파티남은 법의 바다로 가는 길목 179

마침내 황색 가사의 도시 칸치푸람에 입성하다 185

인간 내면 의식의 진화를 추구하는 공동체 마을 186

칸치푸람의 힌두교 사원들 대부분이 본래는 불교 사원 187

허황후는 남인도 사람인가, 북인도 사람인가 198

우리말과 유사한 단어가 많은 남인도 타밀어 198

허황후는 왜 고향 아요디아를 떠났을까 201

아마라바티에서 아소카왕의 팔각석주를 보다 207

연꽃을 들고 절에 가는 불심의 나라, 스리랑카

부처님 가르침이 망고처럼 향기롭고 그윽한 나라 216

중국의 구법승 법현도 순례했던 스리랑카 217

기독교 국가들이 침략한 스리랑카의 슬픈 역사 221

게으르지 말고 부지런히 정진하라 225

바위 위에 조성된 스리랑카 최초 사원 이수루무니야 227

따뜻한 가슴이 없는 수행은 공허한 관념일 뿐 233

아소카왕의 딸, 상가밋타 비구니의 숨결이 서린 보리수 사원 233

아누라다푸라의 탑 중에서 가장 큰 루완웰리세야 대탑 238

스리랑카에 지혜의 등불을 밝힌 아소카왕의 아들, 마힌다 장로 241

비는 아난의 눈물이요, 천둥은 부처님 말씀이다 249

세계문화유산이 된 시기리야 바위산 왕궁터 이야기 249

11세기부터 13세기까지 두 번째 수도가 된 폴론나루와 불교 유적들   255
스리랑카 불교문화를 상징하는 갈비하라의 열반상과 아난존자상   259

"이제 한국 불교는 산에서 내려와야 합니다"   266
담불라 승단 대종사로부터 지혜의 말씀을 듣다   268
스리랑카 최초로 삼장을 패엽경에 기록한 알루비하라 사원   271
마침내 부처님 치아 사리가 모셔진 불치사 법당에 들다   278

의상대사와 혜초가 순례한 불국토, 중국 오대산

연꽃이 피어나듯 순례길 걸음마다 법향에 취하다   286
중국에 우리나라 화엄사 동생뻘이 있었네   286
운강 석굴 부처님 앞에서 북위 황제를 만나다   292

장엄한 문수 신앙의 오대를 가다   300
허공에 일월이 함께 뜨니 문수와 보현이 춤을 추네   303
불구덩이 속에 들지 않고 어찌 지혜문수를 만나랴   308

부처님 진신 사리 1과가 봉안된 대백탑   312
공부인에게는 한줄기 서늘한 바람도 선지식이라네   312
오대산 연꽃 속에서 부처님을 친견하다   319

뜰 앞의 측백나무는 참된 공을 깨닫게 하네   326
금각봉 허공에 혜초 스님과 문수보살이 함께 계신 듯   326
마음의 성품을 밝혀주는 조주차의 향기   331

백 가지의 감회와 오롯한 행복마저도 내려놓다   340
기지개를 펴고 있지만 갈 길이 먼 중국 불교   341
순례 일행에게는 선당의 참선이 바로 가장 멋들어진 회향   343

깨달음이 있는 여행은
행복하다

삼월삼짇날 무렵에 오던 제비가 십여 일 빠르게 부엌 쪽 처마의 헌 집을 찾아왔다. 현관 처마에 있는 제비 집은 몇 년째 빈집으로 남아 있다. 사람들이 자주 드나드는 현관이 불안하여 안심할 수 있는 부엌 쪽 처마로 다시 이사했는지도 모르겠다. 제비도 낯을 가리는 것 같다.

며칠 동안 『불국기행』 교정지를 펼쳐놓고 틈틈이 읽고 있다. 교정을 보다가 눈이 아프면 마당으로 나가 눈을 맑히곤 했다. 마당에는 낙화한 벚꽃 꽃잎들이 잔설처럼 쌓여 있다. 교정지의 글들이 여행 끄트머리에서 뒹구는 낙화 같기도 하다. 매년 계절을 가리지 않고 국외로 나갔으니 어지간히 돌아다닌 셈이다. 부탄, 네팔, 남인도, 스리랑카, 중국 오대산 등에 답사 내지는 순례를 다닌 것이다. 문득 '영원히 머물 나의 진향眞鄕은 어디인고?' 하는 생각이 든다. 단 한 발짝이라도 헛걸음했다면 죽은 뒤 염라대왕이 신발 값을 청구할 것이다.

이 책은 순례와 답사의 성격이 짙다. 예컨대 부탄과 스리랑카, 중국 오대산 등은 순례를 위한 여정이었고, 남인도와 네팔은 답사를 위해 나선 길이었다. 다만 모두 불교권의 지역이므로 제목을 『불국기행』으로 정하는 데는 망설임이 없었다. 일행도 순례 쪽은 신심 있는 불자들이 대부분이었고 답사 쪽은 불교에 관심이 많은 교장, 교수, 교사 등이 주요 성원이었다.

순례는 사원이나 성지 중심이었다. 부탄의 경우는 행정관청과 사법관청, 승려가 수행하는 사원이 한 공간 안에 공존하는 아름다운 건물인 '종'과 해발 3000미터쯤에 자리한 탁상 사원을 참배하는 동안 일행 모두가 구도의 절절함을 느끼지 않을 수 없었다. 첫눈이 오면 공휴일이 되는 나라, 꽃을 꺾지 않는 나라, 학비와 병원비 심지어는 유학비까지 정부가 책임을 져주는 나라가 지구상에 부탄 말고 또 있을까. 아마도 우리가 살고 있는 지구뿐만 아니라 우주 공간에서 유일한 유토피아가 아닐까 싶었다. 순례단이 부탄을 떠나면서 걱정했던 한 가지는 자본과 경쟁에 익숙한 우리들이 부탄을 오염시키고 가는 게 아닌가 하는 것이었다. 스리랑카와 중국 오대산 여행은 간화선 선풍의 진원지가 되고 있는 안국선원 신도 분들과 함께하며 깨달음이란 뜬구름 위에 있는 것이 아니라 발을 딛고 있는 땅 위에 있다는 자각을 했던바, 특히 성지에서 듣는 선원장 수불 스님의 법문은 신심을 고쳐시켜주곤 했다.

반면에 답사를 위한 여행은 보고 싶은 몇 곳만 집중적으로 깊이 들여다보았던 것 같다. 네팔 같은 경우는 카트만두에 머물며 우리에게 잘 알려지지 않은 아소카왕의 동탑·서탑·남탑·북탑을 찾아가 탑을 조성한 역사 및 그 인연을 살펴보았는데, 석가족 '슈라즈 샤카' 씨의 설명은 매우 흥미로웠다. 인도를 통일한 아소카왕이 석가모니 부처님을 흠모하여 석가족이 사는 네팔까지 올라와 땅을 선물하고 그 증표로 탑을 조성하였다는 것이다.

남인도 역시 마찬가지였다. 인도 남쪽 끝의 코친에서 데칸고원 밑의 하이데라바드까지 이동한 거리는 엄청났지만 실제로 의미를 두었던 답사지는 신라 6촌장과 석탈해가 떠나온 곳으로 추정되는 벨란카니와 허황후의 흔적이 남아 있는 첸나이 마리나비치에 있는 마을 아요디아 꾸빰이었다. 남인도의 타밀어는 충격 그 자체였다. 전라도와 경상도 사투리가 있었다. 실제로 타밀어를 사용하는 드라비다족 사람을 만나 확인했는데 전라도의 거시기, 머시기는 물론이고 경상도의 궁디(궁둥이)가 있었던 것이다.

나는 『불국기행』이 부탄, 네팔, 남인도, 스리랑카, 중국 오대산을 처음 가보고자 하는 사람들에게 여행기로서 적어도 입문서 역할은 하지 않을까 기대하고 있다. 아는 만큼 보인다는 금언처럼 사전 지식이 있어야만 여행하는 곳의 역사와 분위기를 자연스럽게 만날 수 있기 때문이다. 너무 전문적이거나 학술적인 서술은 피하고 기초적인 지식과 감흥 위주로 글을 쓴 것도 여행기라는 책의 성격을 보다 분명하게 하기 위해서였다. 또 하나, 가능한 한 현지 지식인과 인터뷰를 많이 했다. 기억에 남는 사람이라면 프랑스 유학파인 네팔의 석가족 슈라즈 샤카와 나와 동갑내기로 남인도에서 만났고 몇 권의 저서를 저술한 '보디 데바남' 씨다. 슈라즈는 석가족이 왜 카트만두까지 왔는지를 얘기해주었고, 칸치푸람에 사는 보디는 허황후 고향으로 추정되는 첸나이의 아요디아 꾸빰까지 안내해주었다. 허황후는 왜 아요디아를 떠났을까? 보디는 벵골만 쓰나미를 언급했다. 쓰나미를 피해 신천지를 찾아 나섰다고 주장했다. 시중에서 흔히 구할 수 있는 서적과 비전문가들이 취재하여 올려놓은 인터넷상의 주마간산 식의 자료는 현지 지식인들의 얘기와 조금씩 차이가 나거나 엉뚱하여 안타까웠는데, 앞으로 관심을 가질 누군가를 위해서도 바로잡거나 문제 제기를 할 필요가 있었던 것이다. 『불국기행』의 부제는 '깨달음이 있는 여행은 행복하다'이다. 어느 선사는 말했다.

'도를 모르고서 발을 옮긴들 어찌 길을 알겠는가.'

내 식대로 풀자면 '내가 누구인지를 깨닫지 못하고 발을 옮긴들 어찌 참다운 인생길을 알겠는가'라는 뜻이다. 내가 『불국기행』을 쓴 이유도 부제에 담은 바람과 같다. 독자가 이 책을 길잡이 삼아 스스로 깨달음과 행복이 있는 여행을 하길 바랄 뿐이다.

끝으로 고마운 몇 분에게 이 지면을 빌려 감사의 마음을 전하지 않을 수 없다. 어려운 출판 여건에도 불구하고 격조 있게 책을 내준 작가정신 박진숙 대표님과 편집하느라 고생한 편집부 김서연 님 외 여러분, 특히 부탄부터 중국 오대산까지 함께 여행한 사진작가 유동영 님, 남인도 사진을 협조한 아일선 보살님, 그리고 모든 자료와 인터뷰를 정리해준 호연 님의 노고를 잊지 못할 것이다.

2015년 4월 아침에
벽록 정찬주

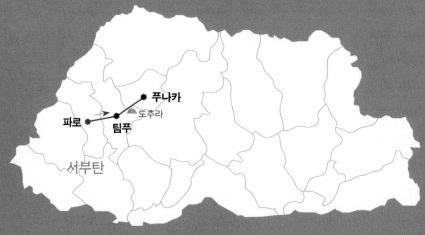

푸나카

파로

팀푸

도추라

서부탄

- 출발지
- 경유지
- → 이동 경로

첫눈이 오면
공휴일이 되는 나라,

부탄

부탄을 상징하는 전통 건물 중에서 가장 빼어난, '위대한 행복의 궁전'이라 불리는 푸나카종.

행복지수 1위의 나라,
부탄 파로에 서다

법정 스님께서 가끔 내게 말씀하신 삼소三少를 떠올리는 아침이다. '입안에는 말이 적어야 하고, 마음에는 생각이 적어야 하고, 배 속에는 밥이 적어야 한다'는 삼소가 여행의 지침처럼 머릿속을 스친다. 말과 생각이 많으면 눈앞의 대상은 그만큼 멀어지는 것이 자명한 이치다. 편견과 선입견을 버려야만 대상과 하나가 되는 만남이 이루어지지 않겠는가. 여행자의 배가 가벼워야 한다는 것은 두말할 나위가 없고.

　아침 식사를 가볍게 마치고 카트만두Kathmandu 솔티[크라운 플라자] 호텔을 나선다. 부탄Bhutan으로 가기 위해 카트만두 국제공항으로 나서는 길이다. 하룻밤 묵은 기념으로 정원에서 사진을 찍는다. 어제 인천 국제공항에서 네팔의 수도 카트만두로 바로 왔던 것이다. 때마침 극락조나무Karebare가 황색 꽃을 피우고 있다. 피어난 꽃잎이 새의 형상이다. 그래서 극락조화極樂鳥花라 부르는 모양이다. 상서로운 일과 마주칠 것만 같은 예감이 든다. 부탄에 가는 방법은 두 가지다. 카트만두에서 비행기로 들어가든지 인도 북부 지역에서 자동차로 입국하든지. 나와 지인들은 시간을 절약하기 위해 이미 비행기를 타자고 합의했다. 공항은 숙소에서 10여 분 거리에 있다.

부탄 국민 97퍼센트 "나는 행복합니다"

이윽고 꼬리에 용이 그려진 드룩에어Drukair를 탄다. 드룩에어는 부탄 국영 항공사다. 남녀 승무원들이 부탄의 고유 의상을 입고 있다. 모두 우리와 같은 몽골리안이라서 정겹다. 부탄을 '용의 나라'라고 하는데 내 띠가 용띠여서인지 전생의 내 나라에 가는 느낌이다. 소박한 얼굴의 승무원들만 보았는데도 왠지 기시감旣視感이 든다.

사전 지식이라고 할 것도 없지만, 내게는 부탄이라고 하면 먼저 떠오르는 몇 가지가 있다. 정말로 그런지 이번 여행에서 눈여겨볼 생각이다. 첫 번째는 첫눈이 오면 공휴일이 되는, 듣기만 해도 가슴이 따뜻해지는 동화적인 나라라는 것이다. 두 번째는 꽃을 꺾지 않는 나라라는 것이다. 부탄의 어느 호텔이나 여관을 가도 화병에 생화 대신 조화가 꽂혀 있다고 한다. 꽃도 살아 있는 생명이기 때문이란다. 세 번째로 부탄 사람들은 산은 경배의 대상이지 정복의 대상이 아니라고 한다. 현재 부탄에는 외국 산악인에게 산길을 안내하는 가이드나 그들의 짐을 대신 지고 가는 포터porter가 없다고 한다. 1980년대 초까지만 해도 외화를 벌고자 농민들을 소집하여 외국 산악인을 위한 가이드와 포터를 시켰는데, 농부들이 '농번기와 등반 시기가 겹쳐 논밭을 망친다'고 건의하자 국왕이 '우리에게는 외화를 가져오는 외국 산악인보다 논밭에서 일하는 우리 농부가 소중하다'며 등산 가이드와 포터를 금지시켰다는 것이다.

그래서 부탄에는 아직도 7000미터 이상이 되는 미답의 히말라야 봉우리들이 많다. 또 '우리는 일하지 않는 사람을 위해서는 일하지 않는다'는 말이 생겨났는데 '일하지 않는 사람'이란 바로 산악인을 가리킨다고 한다. 네 번째는 많이들 알고 있듯이 부탄의 모든 사람들은 병원비와 교육비가 무료인 복지 극락에서 살고 있다는 점이다. 다섯 번째는 부탄 사람들은 자신의 역사와 종교, 문화적 정체성이 강하여 모두 전통 옷을 입고 전통 가옥에서 살 정도로 자부심이 대단하다는 것이다.

부탄이라는 나라가 이러하니 부럽지 않을 수 없고 궁금하지 않을 수 없다. 우리를 놀라게 하는 조사 결과도 많다. 부탄은 국제사회에서 2011년 GNP[국민총생산] 기준으로 우리나라가 세계 31위일 때 124위였다. 국민 1인당 생산량으로만 볼 때는 최빈국이었다. 그러나 영국에 본부를 둔 유럽 NEF[신경제재단]에서 국가별 행복지수를 조사한 결과 143개국 가운데 부탄은 1위, 우리나라는 68위를 했다. 부탄 국민은 97퍼센트가 스스로 행복하다고 생각한다니 부럽기만 하다. 영국의 레스터대학교에서 2006년 실시한 국가별 행복지수 조사에서는 부탄이 세계 8위를 했고 1, 2위는 덴마크와 스위스, 미국은 23위였고 우리나라는 참담하게 102위를 했다. 국민의 행복을 계량화한 수치가 얼마나 객관적인 것인지는 모르겠지만 우리나라의 순위는 더 밀려났으면 밀려났지 앞으로 당겨지지는 않을 성싶다. 우리나라의 경우 2012년도에 자살한 사람이 10만 명 중 28.1명으로 OECD[경제협력개발기구] 회원국 중 자살률 1위였으니 할 말이 없다. 올해도, 내년의 결과도 보나마나 그럴 것이니 끔찍하지 않은가. 입만 열면 복지를 얘기하는 정치 지도자들의 각성을 촉구하

부탄의 역대 국왕들 사진이 걸린 작은 궁전 같은 파로 공항 청사 내부.

지 않을 수 없다.

　부탄에는 노숙자와 거지, 우울증 환자와 자살자가 거의 없다고 한다. 물론 사람이 사는 땅이니 소수라도 있겠지만 아주 미미하여 유의미한 숫자는 아니라는 것이다. 부탄은 4대 국왕인 지그메 싱기에 왕추크 Jigme Singye Wangchuck 때부터 생산량을 중시하는 GNP를 버리고 그 대안으로 GNH Gross National Happiness [국민총행복]를 추구했다고 한다. 그는 GNP가 물질적 탐욕을 조장하여 빈부 격차를 심화시키고 자연을 파괴하며 인간을 황폐화시킨다고 보고 GNH를 제시했는데, 현재 5대 국왕인 지그메 케사르 남기엘 왕추크 Jigme Khesar Namgyel Wangchuck 가 그것의 실현을 위해 네 가지 기본 정책을 펴고 있다고 한다. 지속 가능하고 공평한 사회경제 발전과 생태계 보전 및 회복, 부탄의 전통과 정체성을 실현하는 문화의 보전과 증진, 그리고 이 세 가지 목표를 달성할 수 있는 좋은 협치協治가 그것이다.

카트만두 국제공항에서 탑승한 지 한 시간쯤 지났을까. 비행기는 부탄의 국제공항인 파로 공항에 착륙하고 있다. 협곡을 비집고 들어선 활주로는 우리나라 자동차전용도로 규모이고, 공항 청사도 우리나라 읍 정도의 시외버스 터미널 수준이다. 그러나 공항은 작은 궁전 같다. 역대 국왕들과 현 5대 국왕 부부의 사진이 걸려 있고 광고판에 인쇄된 GNH라는 글자가 선명하다. GNH 밑에는 국민의 총체적인 행복과 후생 수준을 구성하는 아홉 개의 규범 영역이 '①심리적 웰빙 ②건강 ③교육 ④시간 활용 및 균형 ⑤공동체 활력 ⑥전통과 문화의 다양성 ⑦생태 다양성 및 복원력 ⑧생활수준 ⑨좋은 협치'라고 적혀 있고 일흔두 가지 GNH 지표를 개발하여 2008년부터 2년마다 GNH를 조사·발표하고 있다는 설명도 곁들여 있다.

부탄 땅을 밟는 순간 왠지 나도 행복해질 것만 같아 미소가 지어진다. 지인 중에 누군가가 부탄에 와 여생을 보내고 싶다고 한다. 그러나 인구 80여만 명의 부탄은 국토가 비좁기에 이민자나 난민을 받아들이지 않는다고 한다. 다만 부탄 여자와 결혼하면 영주권이 주어진다고 하는데 50대를 넘어선 나와 지인들이 그렇게 될 가능성은 '제로0'에 가깝다. 또 한 가지 생각나는 것은 애연가들에게는 아주 불편한 나라가 부탄이라는 사실이다. 입국할 때 담배 열 갑만 가지고 있어도 5만 원 정도의 세금을 내야 한다. 담배를 피울 때마다 경찰에게 세금을 냈다는 서류를 보여주어야만 하니 차라리 담배를 끊는 게 마음 편한 나라인 것이다.

관광객 제한하여 전통 문화와 정체성을 지키는 나라

부탄에서 우리 일행을 안내할 사람은 30대 초반의 '친리Thinley' 씨다. 친리 역시 부탄의 전통 옷 고우gho를 입고 있다. 어찌 보면 고구려 수렵도 벽화에 나오는 사냥꾼 복장 같기도 하다. 부탄은 배낭족 입국을 불허하고 여행객은 반드시 가이드와 동행해야 하며 관광객의 숫자도 매년 몇천 명으로 제한하고 있는데, 이 역시도 부탄의 문화나 정체성을 지키기 위한 조치일 것이다. 관광객 유치에 목숨을 건 우리나라와 비교되는 정책이 아닐 수 없다.

친리의 안내를 받은 첫 방문지는 17세기 때 건립된 파로종Paro Dzong이다. '종'이란 부탄을 이해하는 키워드 중 하나인데 우리 식으로 말하자면 행정 청사다. 그러나 단순히 행정의 수장만 있는 청사가 아니라 사법부와 고승이 거주하는 불교 사원이 함께 있는 부탄만의 독특한 복합 청사다. 종 내부는 크게 두 구역으로 나뉘어 행정과 사법 공간은 일반인의 출입이 자유롭고 수행자들의 수행 공간은 여행객의 관광을 제한하고 있다.

종의 또 다른 특징은 요새 기능을 한다는 점이다. 티베트Tibet의 침략에 대비하고자 높은 곳에 종을 건설하여 망루처럼 적의 침투를 감시했던 것이다. 파로종 역시 멀리서 보니 요새 같다. 성벽은 흰색 칠을 했다. 전통 가옥의 형태인 청사와 사원은 일본의 오사카성을 연상시킨다. 한편

파추강을 끼고 요새처럼 우뚝 솟은 파로종. 이곳에 서면 아름다운 파로 시가지가 한눈에 든다.

파로종뿐만 아니라 부탄의 모든 종은 히말라야에 사는 요괴를 제압하기 위해 건립했다는데 사실은 요괴가 아니라 침략자를 상징하는 것 같다.

파로종에 올라보니 산들에 둘러싸인 파로 시가지가 한눈에 든다. 시가지를 가로지르는 파추Pachu강 물결이 옥처럼 투명하다. 사원과 흡사한 전통 가옥의 외형이 아름답다. 가옥만 봐도 부탄의 정체성이 느껴진다. 문득 1970년대 무렵에 새마을운동을 하면서 우리 농촌의 전통 초가를 모두 슬레이트 지붕으로 바꿔버린 것이 생각나 몹시 씁쓸하다. 지도자의 문화 의식과 안목이 얼마나 중요한지 부탄에 와서 또 절감하지 않을 수 없다.

파로종 현관에 관세음보살이 모셔져 있다. 친리가 흰색 가사袈裟를 착용한다. 종에 들어설 때 남자는 전통 옷 위에 가사를 걸치는 것이 관습이란다. 가사의 색깔은 신분을 나타내는데 국왕은 노란색, 법왕은 녹색, 스님은 오렌지색, 국회의원은 파란색, 보통의 사람들은 흰색을 착용한다.

목재와 흙으로 건립된 종의 건물들은 화재에 취약할 터이다. 실제로 파로종도 1905년에 화재로 소실되었다가 복원된 건물이다. 티베트 불교 승려처럼 붉은 가사를 착용한 수행자들이 간간이 옆을 지나치지만 한마디 말도 붙여보지 못하고 파로종을 나선다. 아직 부탄 불교를 이해하지 못한 까닭이다. 무얼 좀 알아야 질문할 자격이 생기는 것이다. 친리가 다음 행선지를 잡기 위해 누군가와 통화한다. 친리의 휴대폰 화면에 나타난 젊은 국왕 부부 사진이 눈길을 끈다. 국왕 부부를 사랑하지 않는다면 그럴 수 없을 텐데, 부럽다. 도대체 부탄 사람들에게 국왕의 존재는 무엇일까?

어두운 법당 안에서 창문에 드는 한 줌 햇살로 경을 외고 있는 파로종 사원의 수행자.

부탄 사람들은 왜
지도자를 존경하고 사랑할까

부탄은 국토 대부분이 산악 지대이기 때문에 도로가 비좁아 승합차를 이용해야 한다. 불편하지만 일행은 작은 승합차를 타고 파로에서 부탄의 수도 팀푸Thimphu로 가는 중이다. 산비탈에 난 도로를 따라가는데 계곡 밑으로 파추 강물이 흐르고 있다. '파Pa'는 파로를 줄인 말이고, '추Chu'는 강이라는 뜻이다. 부탄의 산들은 조림이 잘되어 있지만 더러 민둥산도 보인다. 황무지인 민둥산은 벌목 때문이 아니라 바위나 땅에 철분이 많아 나무가 자라지 못한 탓이라고 한다.

인도와 방글라데시에 전기를 수출하는 나라

부탄은 헌법에 '삼림 면적은 영구히 국토의 60퍼센트를 밑돌지 않도록 해야 한다'고 명시되어 있다. 산림을 강제한 규정인데, 부탄은 숲의 부가가치를 충분히 활용하고 있는 나라 중 하나다. 숲에서 발원하는 물이 사시사철 풍부하여 겨울에도 강물이 고갈되지 않거니와 수력발전의 동력이 되고 있는 것이다. 실제로 부탄은 전기가 수출의 중요 품목이다. 인도India와 방글라데시Bangladesh로 수출하는 전기가 전체 수출의 45퍼센트나 된다고 하니 부럽기만 하다. 하지만 숲을 파괴하기 때문에 거대한 댐 건설은 하지 않는다고 한다. 대신 산악 지형에 맞게 작은 수력발전소를 많이 건설하여 전기를 생산하고 있다. 물론 전통적으로 자연의 생명 가치를 사람 목숨 못지않게 소중히 여겨온 관습 덕분에 숲이 유지되어 다양한 동식물의 낙원이 됐다고도 한다.

친리가 승합차를 멈추게 한다. 강 건너 민둥산에 사원이 하나 보인다. 15세기에 통통겔포 스님이 해발 2250미터 산자락에 창건한 질루카Zilukha 사원, 일명 '철망다리 사원'이다. 지붕은 돌조각 너와이고 흙집 사원이다. 사원에는 묵언 수행하는 무문관無門關이 있고, 통통겔포 후손들이 대대로 사원을 관리하고 있다고 친리가 설명한다.

통통겔포 스님이 후대 사람들에게 존경받는 이유는 다리를 많이 놓았기 때문이란다. 강과 계곡이 많은 데서는 다리야말로 최고의 선물인 것이다. 철망다리는 오토바이도 지나갈 수 있을 만큼 튼튼하다고 하는데 발밑에 수심 2미터의 파추가 위협하듯 급하게 흐르고 있어 마음이 편치는 않다. 그래도 강물이 훤히 내려다보이는 철망다리를 건너고 나니 사원으로 올라가는 길가에 핀 하얀 야생화[snowberry]가 일행을 반긴다.

사원 내부는 공찰公刹이 아니어서 그런지 어수선하다. 장애물처럼 무서운 철망다리를 통과해서 왔으니 무언가 대가가 있어야 할 텐데 싱겁다. 일행은 어두컴컴한 법당에 들어 참배하고 나와 또다시 철망다리를

험준한 협곡에 다리를 많이 만들어 존경받아온 통통겔포 스님이 창건한 질루카 사원.
사람들은 '철망다리 사원'이라고 부른다.

건넌다. 뒤돌아보니 황량한 민둥산에 자리 잡은 사원의 풍경이 고풍스럽다. 추사秋史의 「세한도歲寒圖」를 보는 듯하여 나는 유동영 사진작가에게 사진을 한 장 부탁한다.

승합차는 다시 달려 검문소에서 멈춘다. 파로에서 발원한 파추와 팀푸에서 흘러온 팀추Thimchu가 만나는 지점이다. 파추와 팀추가 합수하여 남쪽인 인도로 흐르면서 왕추Wangchu가 되는데 왕추는 또 강가Ganga강과 합류한다고 한다. 왕추를 따라서 난 도로로 건축자재와 굴삭기를 실은 인도 트럭들이 달리고 있다. 팀푸 같은 도시에 건설 붐이 일고 있다는 방증이다. 파로에서 보지 못했던 걱정스러운 모습이다. 건설은 필연적으로 자연을 파괴하기 때문이다.

왕조의 권력을 국민에게 돌려준 부탄 국왕들

마침내 팀푸로 들어선다. 팀푸는 인구 12만 명이 사는 부탄의 수도다. 도시 입구에 전통 가옥 형태의 공무원 아파트가 있다. 건물은 종보다 높은 위치에 지을 수 없도록 법으로 제한하고 있으며 5층 이상은 허가되지 않는다고 한다. 일행은 가장 먼저 붓다 공원으로 향한다. 팀푸가 내려다보이는 산 정상에 공원이 있는데, 높이 51.5미터의 불상이 조성되고 있다. 불상은 중국 자본과 인력이 들어와 만드는 중이란다. 최고와 최대를 좋아하는 중국인의 상술이 은둔의 나라까지 진출하여 정체성을 훼손하지 않을까 싶어 걱정스럽다. 법으로 건축물의 높이를 제한하듯 불상도 그랬으면 좋겠다.

붓다 공원의 자리만큼은 명당이다. 왜 팀푸인지 한눈에 알아볼 수

권력을 혁명 없이 부처님 가르침에 따라 부탄 국민에게 돌려준 3대 국왕 추모탑.

있는 위치다. '팀Thim'은 가라앉는다는 뜻이고, '푸Pu'는 산이라는 뜻이
니 팀푸는 우리말로 하면 산으로 둘러싸인 분지다. 팀푸 시내로 내려와
1952년부터 1972년까지 재위한 부탄의 3대 국왕 지그메 도르지 왕추크
Jigme Dorji Wangchuck 추모탑을 둘러본다. 3대 국왕이 1972년 암으로 죽
자 그의 어머니가 추복하기 위해 1974년에 조성했다고 한다. 사람들이
추모탑 안으로 들어와 마니차(경을 새긴 회전용 수행 기구)를 돌리거나
기도한다. 부탄 사람들은 하루 중 아무 때나 마음 가는 대로 사원이나 탑
을 찾아 마니차를 돌리곤 한다. 삶이 기도이고 기도가 삶이 되어버린 것
이다. 우리처럼 절에 가는 날이 따로 있는 게 아니라 친구 만나듯 사원과

분지에 형성된 인구 12만 명의 전원도시이자 부탄의 수도인 팀푸가 운해 속에 드러나 있다.

추모탑 입구에 설치된 대형 마니차. 부탄 사람들은 경이 새겨진 마니차를 돌리면
경을 독송한 것과 같은 공덕이 있다고 믿는다.

함께 살아가고 있다.

추모탑에 와보니 왜 부탄 사람들이 국왕을 존경하고 사랑하는지 이
해가 된다. 3대 국왕 재임 초기만 해도 부탄은 모든 권력이 왕으로부터
나오는 왕조시대였다. 그러나 진보적 사고를 가졌던 3대 국왕은 권력
을 국민에게 돌려주고자 시도했다. 국민회의[국회]를 만들어 권력을 내주
었다. 부탄 사람들은 왕조시대에 길들어져 국왕의 정책을 이해하지 못
했다. 선거를 하면 반대하는 사람들 때문에 투표율이 저조했다. 국왕은
차선책으로 점진 개혁을 선택했다. 3대 국왕은 부탄의 농노를 해방시켰
고 자신이 가지고 있던 땅을 가난한 사람들에게 나누어주었다. 왕위를

이어받은 4대 국왕도 아버지의 노선을 따랐다. 자연보호와 점진적인 성장을 추구한 아버지의 정책을 이어받아 GNH를 선언했다. 또 자국민을 설득하여 2008년에는 절대군주제를 포기하고 입헌군주제로 전환했다.

정치적인 혁명이나 군사적인 무력 없이 왕 스스로가 결단하여 권좌에서 내려온 일은 세계 역사상 초유일 것이다. 아버지와 같이 그 역시도 가난한 사람들에게 지속적으로 자신의 땅을 나누어주었다. 이러한 정책은 5대 국왕이 좀 더 체계적이고 섬세하게 펴고 있다.

4대 국왕이 GNP를 버리고 GNH를 선언했을 때 선진국들은 어리석다고 조롱했다. 하지만 지금은 '1인당 GNP가 약 2000달러밖에 안 되는 최빈국 사람들이 왜 행복한가'를 연구하고 벤치마킹하고 있으니 부탄 역대 국왕들의 지혜와 안목이 돋보인다. 우리의 정조대왕처럼 현명한 왕들이다. 부탄은 교육비와 병원비가 무료이다. 의사는 공무원으로서 월급만으로 생활이 되니 쓸데없는 돈벌이에 관심이 없다. 교육비는 외국으로 유학을 가도 국가가 책임진다. 일상적으로 복지가 이루어지고 있기 때문에 우리처럼 국회의원들끼리 '보편적 복지니 선별적 복지니' 하여 정쟁을 하는 일이 없다. 모든 국민에게 주어지는 복지가 자연스러운 것이다.

5대 국왕은 30대이고 부인은 20대라고 하는데, 국왕 부부의 다정한 모습을 휴대폰에 담고 다니는 부탄 사람들의 마음을 이제야 조금 알 것 같다. 국왕은 아무 때나 신청하면 만날 수 있단다. 궁궐을 국가에 헌납하고 작은 집으로 이사해서 살고 있는 국왕은 가끔 학교를 찾아가 어린 학생들과 축구를 즐긴다고 하는데, 그래도 그의 권위는 절대적인 모양이다. 권위도 공포를 주는 무서운 것이 있고, 스스럼없이 존경하고 싶은 친근한 것이 있나 보다.

친리는 부탄에서 태어나 행복하다고 말한다. 숙소에 드는 내 귓가에 여운으로 남는 한마디다. 하루를 접는 나의 화두가 될 것 같다.

가족 중에 한 명 출가하는 것이
최고의 공덕

부탄 사람들은 불교가 곧 삶이다. 아기를 낳기 전에 사원으로 가서 미리 이름을 짓고, 아기가 출생하면 사원으로 안고 가서 스님의 축원을 받는다. 일생 동안 스님을 스승 삼아 의지해 살다가 삶을 마칠 때는 스님의 염불 소리를 듣고 내생으로 떠난다.

13세기에 지어진 팀푸 최초의 절인 창강카Changangkha 사원도 팀푸 사람들에게 그런 역할을 한다. 우리 일행이 사원을 오르는데 젊은 부부가 갓난아기를 안고 내려온다. 아침 일찍 사원에 들러 스님의 축원을 받은 듯하다. 젊은 부부의 표정이 더없이 행복해 보인다. 산자락에 흰 깃발이 무리 지어 꽂혀 있다. 돌아가신 분을 추모하기 위한 깃발이라고 한다. 망자 한 분을 위한 깃발이 108개란다.

승단에 권력의 반을 넘긴 부탄의 통일왕

어느 사원이든 오색의 타르초Tharchog[經文旗]가 펄럭이고 있다. 타르초에는 경전 구절이 인쇄되어 있다. 파랑은 하늘, 빨강은 불, 흰색은 물, 초록은 자연(환경)을 상징하는 색이라는 친리의 설명이다. 부탄의 사원은 티베트 사원과 흡사하다. 티베트 불교가 부탄에 전래됐기 때문에 그럴 수밖에 없다. 티베트를 통일한 송첸감포松贊岡保왕이 부탄에 두 개의 사원을 건립하면서 부탄 불교 역사가 시작됐다는 것이 정설이다. 이후 『티베트 사자의 서』 저자인 고승 파드마 삼바바Padma Sambhava가 부탄으로 내려와 수행하면서 그가 간 곳이 대부분 성지聖地화되어 많은 지방 사원이 생겨났다. 또한 티베트의 고승 샹바 자레 이시 도르제가 중앙 부탄에 사원을 건립한바 밤에 들은 천둥소리가 용의 울음소리 같다 하여 이름을 드룩Druk이라 하였다. 이를 계기로 드룩파Drukpa 승단이 형성되었고, 뒷날 파조 드럭곰 지포 스님이 네 명의 아들을 전국에 보내 드룩파 불교를 퍼트려 마침내 드룩파는 부탄 불교의 중심 승단으로 발전했다. 또한 부탄 사람들이 지금도 존경하는 샤브드룽 나왕 남걀Zhabdrung Ngawang Namgyal의 역할도 컸다. 이 왕은 20개 지방 세력을 규합하여 1637년에 최초로 부탄을 통일했고, 그 뒤 권력의 반을 드룩파 승단에 이양하였다. 왕과 승단이 동등한 권력을 가지는 전통은 이렇게 생겨났다.

고승 파드마 삼바바와 통일왕 샤브드룽 나왕 남걀을 모르고서는 부탄의 역사와 문화를 이해하는 것이 불가능하다고 봐도 틀린 말이 아니다. 부탄의 어느 장소를 가나 두 인물이 등장하기 때문이다.

부탄에는 가족 중 한 명을 출가시키는 전통이 있다. 그래서인지 디첸포드랑 승가학교에는 동자승이 많다.

20여 년 동안 경을 외워야 스님이 되는 나라

나는 일행과 함께 창강카 사원을 내려와 디첸포드랑Dechenphodrang 승가학교를 가는 중이다. 이 승가학교 역시 샤브드룽 나왕 남걀이 팀푸에 왔을 때 토호 세력이 그에게 헌납한바 팀푸종이 된 곳이다. 그런데 오래전에 팀푸종이 다른 곳으로 옮겨가자, 이곳은 승가학교가 된 것이다.

현재는 비구스님이 될 300여 명의 학생이 공부하고 있는데, 교실에서 공부하고 잠도 자는 모양이다. 교실에 들어가서 보니 한쪽에는 모포가 가지런히 개켜 있다. 학생들은 마룻바닥에 엎드려 있거나 긴 앉은뱅이책상 앞에 앉아서 경을 외우고 있다. 교사校舍는 여러 동이고 한 반은

팀푸의 산자락에 있는데도 부탄에서 학생이 가장 많은 디첸포드랑 승가학교.

열다섯 명 정도 되는 것 같다.

경을 철저하게 암기하는 것이 교육의 핵심인 것 같다. 졸던 동자승들이 나를 보자 갑자기 경을 펴들고 외우는 시늉을 한다. 그래도 동심이 느껴져 미소가 절로 지어진다. 20대의 선생은 엄한 스승이라기보다 착한 선배 같은 모습이다. 학습 분위기가 아주 자유스럽다. 앉든 눕든 경을 외워 바치기만 하면 되는 듯하다.

선생에게 교육과정을 알아보니 학습 기간이 한국 불교와 비교가 안될 정도로 길다. 20년 이상 경을 외우고 수행한 다음에 3년 동안 관상법觀想法의 명상을 마쳐야만 비로소 승려가 된다는 것이다. 즉 승가학교 9년, 6개월 동안 '10만배' 절 수행을 마쳐야 하는 대학에서 9년, 명상 과정 3년을 거쳐야만 승려로서 존경받는다는 것이다. 여기서 더 나아가면 겨울에도 상의를 벗고 수행하는 밀라레파 고행을 3년 거치는데, 지금은 그렇게 하는 수행자가 적다고 한다. 경을 외우는 긴 교육과정 때문에 부탄 승려들은 논쟁에 아주 강하고, 승려들 사이에 '25년 교학을 하지 않으면 선禪을 하지 말라'는 금언이 있다고 친리가 전해준다. 한국 불교보다 더 철저한 사교입선捨教入禪이다.

사진을 촬영해도 제지하는 선생은 없다. 우리나라 같으면 한바탕 소동이 일었을 성싶다. 부탄 승가학교의 특징 같은데 무엇을 엄격하게 통제하는 것이 없다. 경을 빨리 외워 바친 학생들은 나가서 축구를 즐기거나 해바라기를 하고 있다. 부탄에서는 한 가정에서 한 명 출가하는 것이 최고의 공덕이란다. 어린아이가 출가하는 나이는 7, 8세. 동자승은 명절에만 외박이 허락되지만 굳이 집에 갈 생각을 하지 않는다고 한다. 친구들과 승가학교에서 생활하는 것이 행복하기 때문이다.

동자승 학생들이 많은 디첸포드랑 승가학교. 어린 동자승들은 부모님을 보고 싶어도
명절 때만 외박할 수 있다.

상급반이 되면 야외에서 불교 의식 때 사용하는 전통 악기 연주 수업도 받는다.

악기를 공부하는 청년 학생들은 야외 수업을 하고 있다. 교사 뒤편 산자락에서 서너 명이 한 조가 되어 선생에게 악기 연주를 배운다. 긴 나팔처럼 생겼는데 선생의 손뼉에 맞춰 부우부우 하는 중저음의 소리를 내고 있다. 불교 행사 때 필수적으로 사용하는 악기라고 한다.

요괴를 가둔 바위 위에 지은 사원, 심도카종

나와 일행은 다시 맞은편 산자락에 있는 심도카종 Semtokha Dzong으로 간다. 팀푸를 떠나 푸나카 Punakha로 이동하기 전에 심도카종을 들르지 않을 수 없다. 샤브드룽 나왕 남걀왕이 부탄으로 와서 최초로 건립한 종이기 때문이다. 그는 심도카종을 거점 삼아 20개의 소왕국을 통일하고 그곳에도 심도카의 기능을 본뜬 종을 하나씩 건립했던 것이다. 승합차로 10여 분 걸리는 거리다.

안내문을 보니 심도카종 자리에 요괴가 살았는데, 샤브드룽 나왕 남걀이 요괴를 바위 속에 가두고 그 위에 심도카종을 건립했다는 전설이 소개되어 있다. 이곳은 파로, 푸나카로 가는 전략적 요충지임이 분명하다. 전설에서의 요괴란 당시 저항했던 토착 세력을 상징하는 것도 같다.

그런데 현재 심도카종은 승가학교로 운용되고 있다. 학생은 130여 명으로 조금 전에 보았던 디첸포드랑 승가학교보다는 규모가 작다. 법당은 티베트 전통을 따른 모습이다. 법당 벽에는 역대 고승들을 액자 안에 수를 놓아 모시고 있다. 디첸포드랑 승가학교에서는 어린 학생들을 많이 보았는데 심도카 승가학교에는 청년 학생들이 다수다. 청년 학생들은 동자승과 달리 1년 중 한 달간 방학 기간이 주어지는데, 집으로 돌아가 가족들과 함께 지낸다고 한다.

내가 만약 승가학교에 입학한다면 심도카보다는 디첸포드랑을 선택할 것 같다. 심도카는 건물 내부가 칙칙하고 양명하지 못하다. 반면에 디첸포드랑은 팀푸 시가지가 한눈에 내려다보이는 언덕이어서 호연지기가 느껴졌던바, 새삼스러운 얘기지만 사람은 어디에서 사느냐에 따라 성격이 변하기 마련인 것이다.

드디어 일행은 팀푸를 떠나 스위스의 전원도시처럼 산자수명山紫水明한 푸나카로 향한다. 푸나카로 가는 길에는 해발 3100여 미터의 도추라

소수 민족들을 통일한 샤브드룽 나왕 남걀왕이 부탄에 와서 최초로 건립한 심도카종.

승가학교로 기능이 바뀐 심도카종에는 성인 티가 나는 청년 학생들이 많다.

Dochu La를 넘어야 한다고 친리가 설명한다. 길은 왕복 2차선의 꼬불꼬불한 산길이다. 우리 일행이 탄 작은 승합차가 내려오는 차를 만날 때마다 아슬아슬하게 교행交行을 한다. 도추라를 앞둔 산자락으로 들어서자 비구름이 시야를 가로막는다. 갑자기 기온이 떨어지고 있다. 차창에 빗방울이 듣는다. 이미 해발 3000미터쯤에 도달한 듯 희박한 산소 때문인지 현기증이 인다.

주州가 바뀌는 모양이다. 기사가 교통 통제소로 가더니 허가서를 받아온다. 인도에서 본 풍경과 흡사하다. 승합차가 멈춰 있는 동안에 누군가가 사과를 한 아름 사온다. 사과는 작고 못생겼지만 당도가 높다. 부탄에서는 어떤 농작물에도 살충제를 쓰지 않는다. 정부가 농민과 합의하여 몇 년 전에 살충제를 모두 없애버린 결과다. 따라서 부탄의 과일은 씻지 않고 그냥 먹어도 된다. 사과를 한입 베어 물고 우물거리자 어느새 현기증이 씻은 듯 사라진다. 부탄의 사과는 현기증에 특효약인 셈이다.

'하늘궁전'
지상에 내려와 있었네

일행은 도추라에서 잠시 휴식을 취한다. 산악국가인 부탄은 우리나라 백두산보다 높은 해발 수천 미터의 라^{La}가 많은 나라인데 '라'는 고개라는 뜻이다.

미세한 빗방울이 부유하는 비구름 속에 108개의 초르텐$^{Chorten[탑]}$이 보인다. 친리는 승전勝戰탑이라고 하지만 그 의미로 본다면 평화의 탑이다. 인도 아셈 지역과 접해 있는 남부 부탄 사람들 중 일부가 분리 독립을 요구하며 중앙정부에 반기를 들었던 모양이다. 인도의 지원을 받으며 아셈 지역에서 세력을 키운 반군은 종종 남부 부탄을 공격했던 것이다. 결국 부탄 4대 국왕은 군인을 이끌고 남부 부탄으로 갔는데, 그 결과 소수의 사상자만 내고 피아간에 평화적으로 협상하여 분쟁을 종식시켰던 바 2005년에 108개의 초르텐을 건립했던 것이다. 이곳의 초르텐은 피아간 사상자의 위령탑도 된다고 하니 전범들의 유골이 봉안된 야스쿠니 신사를 참배하며 제국주의 환상을 버리지 않는 일본과 비교하지 않을 수

반군과 분쟁을 종식한 뒤 도추라에 건립한 108개 초르텐.
승전탑이자 위령탑인데 반군 사망자에게도 재를 지내주니 평화의 탑도 된다.

없다. 어떤 사상을 가졌든 간에 살아 있는 생명을 존중하는 부탄 사람들의 자비심이 절로 느껴지는 것이다.

마음의 스승 두고 고단한 삶을 자족하는 사람들

도추라에서 내려가는 산길 옆 계곡에도 초르텐 같은 건축물이 보인다. 그러나 가까이서 보니 초르텐이 아니다. 건축물 안에는 마니차가 있고, 호스로 유입되는 계곡물이 마니차를 24시간 내내 돌리고 있다. 그 옆에는 진흙으로 만든 작은 고깔 같은 카차Kacha가 무수히 놓여 있다. 진

부탄 사람들에게 존경과 사랑을 받고 있는 드룩파 쿤리 스님의 남근상.
'불타는 벼락'이라고 불리는데 기념품으로 판다.

흙 반죽에 죽은 사람의 뼛가루를 섞어 만든 초미니 스투파Stupa[탑]다. 마
니차를 돌리면 경을 외는 공덕功德이 생긴다는 믿음이 사후까지 이어지
고 있는 현장이다. 금생에 하던 마니차 수행이 다음 생에도 이어지고 있
는 셈이다. 이 역시도 부탄 사람들이 고단한 금생의 삶을 자족하는 지
혜다. 다음 생이 있으므로 금생에 목숨 걸지 않는다는 것이다. 그렇다고
부탄 사람들이 금생을 허송세월하지는 않는다. 금생에 쌓은 수행과 선업
에 따라 다음 생에 주어지는 복덕이 달라진다고 믿기 때문이다.

　　인구 2만의 전원도시 푸나카에 입성하기 전에 나와 일행은 치미라캉
Chimi Lhakhang 사원을 들른다. 이 사원을 참배하는 까닭은 부탄 사람들

티베트에서 온 '미친 성자' 드룩파 쿤리가 교화를 펼쳤던 치미라캉 사원.

에게 가장 친숙한 고승 '드룩파 쿤리Drukpa Kuenley'가 주석駐錫했기 때문이다. 티베트 출신의 수행자 드룩파 쿤리는 '미친 성자'라고도 불렸다. 다른 고승과 달리 어깨에 활과 '불타는 벼락'이라는 커다란 남근상을 든 채 개 한 마리를 데리고 다니면서 사람들을 웃기고 울렸던 것이다. 사람들이 축복을 상징하는 흰색 천인 카타Khata를 그의 목에 걸어주면 드룩파 쿤리는 그것을 자신의 성기에 묶고는 사람들에게 다산多産을 기도해주었다고 한다. 아무튼 그는 고승의 권위를 버리고 중생에게 다가가 '불타는 벼락'으로 요괴를 제압하고 다산과 풍요를 기원해주었던바 지금도 존경과 사랑을 받고 있는 것 같다.

논두렁길에서 만난, 부탄 전통 의상인 키라 차림의 귀여운 소녀들.

부탄 사람들이 낮은 생활수준에도 불구하고 우리와 달리 행복지수가 높은 까닭은 그들 마음에 스승을 모시며 살고 있기 때문이 아닌가 싶다. 드룩파 쿤리, 파드마 삼바바, 샤브드룽 나왕 남걀, 역대 국왕 등이 그들의 스승인 것이다. 마음으로 의지하며 따르고 싶은 스승이 없다는 것 또한 우리들의 정신적 궁핍 내지 불행이라는 자각이 든다.

치미라캉 사원 초입의 마을 농가 벽에는 드룩파 쿤리의 남근상이 로켓처럼 크고 씩씩하게 그려져 있고, 상점들에서는 외지인에게 드룩파 쿤리의 남근상을 만들어 팔고 있다. 논두렁길에 잠복한 말똥을 피해 가는 도중에 전통 여성 의상인 키라^{kira}를 입고 가는 마을 소녀들의 표정이 해맑다. 소녀들의 꿈이 무엇인지는 모르겠지만 행복한 기운이 전해진다. 치미라캉 사원에 이르자 몇 명의 동자승들이 사원 뜰에서 경을 외거나 장난을 치고 있다. 치미라캉 사원에서 기도하면 아이를 낳는다는 설명을 듣고는 법당에 들어가 사원의 스님에게 축복을 받고 나오는 일행도 있다. 어떤 지인은 앞으로 태어날 손주 이름을 스님에게 받아와 자랑한다. 그러나 부탄 이름이어서 별칭으로만 사용할 것 같다.

치미라캉 사원에서 숙소까지는 승용차로 30분 정도, 아직도 석양 무렵이다. 산자락의 계단식 다랑이 논밭들이 정겹다. 일행 중 누군가가 숙소 바로 위쪽에 있는 비구니 사원을 발견하고는 저녁 예불을 하고 내려오자고 제의한다. 비구니스님 95명, 비구스님 20명 정도가 수행하는 왕비 원찰顯刹이다. 현 국왕의 외조부가 건립했다는데, 외조부의 집이 산문山門 밖에 있다. 사원은 도추라에서 내려온 능선이 푸나카에서 힘차게 멈춘 산언덕에 자리 잡고 있다. 산바람에 룽가^{Lungda}와 타르초가 펄럭이고 있다. 룽가에 쓰인 경전 구절이 사방으로 전해질 것만 같다. 일행은 저녁

푸나카에 있는 왕비 원찰인 비구니 사원.

예불을 한 뒤 법당을 지키는 비구니스님에게 봉투를 내민다. 보시를 받는 비구니스님의 얼굴이 석양의 노을처럼 붉어진다. 부탄에서만 볼 수 있는 그 순수한 모습의 잔영을 머릿속에 담고 숙소에 든다.

벌써 며칠째 밤을 부탄에서 보내고 있다. 건물 규모와 상관없이 부탄의 숙소에는 어디나 생화가 없다. 숙소 현관 화병에 꽂혀 있는 것은 모두 조화다. 20대의 호텔 여직원 '사리카Sarika' 씨에게 물어보니 부탄 사람들은 꽃도 살아 있는 생명이기에 꺾지 않는단다. 살생하지 말라는 불법에 어긋난다는 것이다. 동화 속에나 나올 법한 이야기다. 부탄 사람들의 마음이 꽃보다 더 향기롭다. 차를 따라주는 사리카에게 또 물어본다.

"손님을 맞이하는 이 일이 힘들지 않나요?"

"매일 많은 손님들과 함께해서 행복해요. 제 일에 아주 만족해요."

승합차 기사나 가이드 친리나 농부에게도 질문해보았지만 모두가 한결같다. 어떤 선입견을 가지고 그들에게 직업만족도를 물은 내가 어리석다는 느낌이다. 그들은 자신에게 돌아오는 봉투의 두께보다는 일 자체를 즐기고 있는 것이다.

'하늘궁전' 앞에서는 선진국의 부유함도 초라해질 뿐

다음 날 일행은 마치 부탄 사람이라도 된 듯 서두르지 않고 기상하여 산책도 하고 현관 로비에서 차도 마신다. 오늘 일정은 부탄 여행의 하이라이트라고 할 수 있는 푸나카종Punakha Dzong 방문이다. 부탄을 알리는 책 표지 사진에 가장 많이 등장하는 바로 그곳이다. 푸나카종은 1637년에 샤브드룽 나왕 남걀이 지시하여 건립했다는 것이 정설이고 1955년

아리따운 무희가 푸나카종에 순례를 와서 춤추며 기도하고 있다.

팀푸로 천도하기 전까지 300여 년간 부탄의 왕궁이었다고 한다. 푸나카 종의 건립에도 전설이 깃들어 있다. 그 하나는 파드마 삼바바가 이곳에 도착하여 '샤브드룽 나왕 남갈이 코끼리 형상의 언덕에 머물 것'이라고 예언했다는 것이고, 또 하나는 샤브드룽이 한 건축가에게 설계를 지시했 는데 그 건축가의 꿈에 파드마 삼바바가 사는 '하늘궁전'이 나타나 재현 했다는 것이다. 그런 연유인지 푸나카종의 정식 명칭은 풍탕 데첸 포드 랑Pungtang Dechen Photrang이다. '위대한 행복의 궁전'이라는 뜻이다.

두 강이 만나는 위치에 푸나카종이 보인다. 설산에서 발원한 유속 이 느린 노추Nochu[여자의 강]와 유속이 빠른 포추Phochu[남자의 강]가 만나 푸 나창추Punachangchu를 이루며 흐르는데 그 너머에 하늘궁전이 솟구쳐 있다. 나는 물론 지인들 모두가 푸나카종이 마치 금족禁足의 공간인 것처 럼 발걸음을 떼지 못한다. 구루 린포체Guru Rinpoche[가장 소중한 스승]로 불리 는 파드마 삼바바가 사는 하늘궁전이 눈앞에 나타나 있는 것이다.

그러나 나는 자석에 끌리듯 다리를 건너 푸나카종에 다다른다. 지금 도 법왕은 겨울 3개월 동안 팀푸종을 떠나 따뜻한 푸나카종으로 와서 머 무는데, 이때 400명의 스님이 동행하며 팀푸 주민 30~40퍼센트가 국왕 과 함께 법왕을 배웅한다고 한다. 푸나카종 정문에서 볼 때 첫 번째 공간 은 행정관리들이, 두 번째 공간은 스님들이 머물며, 일반인의 출입을 엄 금하는 세 번째 공간은 샤브드룽의 가부좌상이 있는 건물이라고 한다. 젊은 무희가 순례를 와 보리수 그늘 아래서 춤을 추고 있다. 그녀는 가진 것이 별로 없으므로 자신이 푸나카종 사원에 바칠 선물은 오직 춤뿐이 란다. 그녀의 춤에 보리수 이파리들이 응답하듯 지그시 내려다본다. 묵 묵한 보리수의 자태가 좌선삼매에 든 부처님 같다. 춤추는 그녀는 어느

여자의 강인 노추와 남자의 강인 포추가 서로 만나는 강변에 지은, '하늘궁전'이라 불리는 푸나카종.

수행자의 기도가 끊이지 않기에 푸나카종은 '위대한 행복의 궁전'이 된다.

새 사라지고 오로지 춤만 보이는 것 같다. 그녀에게 춤은 '하늘궁전'에 바치는 마음이자 기도인 셈이다. 샤브드룽은 1651년에 사망했는데 이후 50년간 사망 소식을 알리지 않고 비밀에 붙였다. 이는 티베트의 침략을 우려해서였을 것이다. 그런 역사 때문인지 부탄에는 샤브드룽의 후신이라는 가짜 지도자가 많이 등장했다는 설명이다. 듣고 보니 후안무치한 정치 지도자의 술수는 동서고금을 초월하는 것 같다.

어쨌든 아름다운 푸나카종이 있는 한 부탄 사람들의 자국 문화에 대한 자부심은 결코 식지 않을 것 같다. 눈부신 푸나카종 앞에서는 선진국의 수만 불 개인소득도 초라해질 수밖에 없다는 느낌이 든다.

생로병사의 괴로움 내려놓고
'날마다 좋은 날'

언젠가 법정 스님께서 인도 여행 중에 달라이라마 존자를 친견하고 돌아와서 내게 한 말씀이 잊히지 않는다. 앞으로 세계 불교의 중심은 티베트와 부탄이 될 것 같다는 말씀이었다. 두 나라 수행자와 신자들의 신심에 가슴이 먹먹했다고 회상하셨던 것이다.

길 위에서 오체투지로 기도하는 사람들

푸나카종을 나와 다시 공항이 있는 파로로 돌아가는데 오체투지로 고행하는 사람들이 있다. 승합차를 세우고 내려가보니 오체투지를 하는 사람은 세 명이다. 앞장서서 오체투지를 하는 사람이 리더 같고 가장 나이 들어 보인다. 지나치던 차가 가끔 멈춘다. 그에게 존경을 표시하듯 합장하며 보시금을 내밀고 지나간다. 고행을 하는 사람에게 보시하는 것이 부탄 사람들의 관행인 듯하다. 일행 중 누군가도 보시를 한다.

집을 떠나 7개월 동안 오체투지로 기도하며 성지를 순례하는 순례자.

"어디서 왔습니까?"

"파로의 탁상Taktshang 사원에서 시작했지요. 푸나카종까지 오체투지로 가고 있습니다. 길 위에서 3개월째입니다."

"푸나카종까지 가는 것이 목표입니까?"

"아닙니다. 4개월 정도 더 할 겁니다. 푸나카종에서 동부 부탄으로 갈 계획이니까요."

"위험하지 않습니까?"

"가족이 허락했어요. 그러니 내 몸이 어찌 되든 상관하지 않습니다."

"왜 이런 고행을 합니까?"

"고행이 아니라 기도지요. 가족이 잘되기를 바라고, 다음 생에는 부처님 세상에서 태어나기를 염원하는 기도를 합니다."

경비는 보시로 충당하는 모양이다. 일종의 국민 성금이다. 우리 일행이 내일 가려고 하는 파로의 탁상 사원에서 시작했다고 하니 말문이 막힌다. 파로에서 팀푸를 거쳐 부탄의 대표적인 고개인 도추라를 3개월 동안 오체투지를 하며 넘어왔다는 얘기다. 그것도 내 나이와 같은 61세의 몸이라고 하니 정신력이 육체를 마음대로 다스리는 경지다.

개 한 마리가 반가운 듯 살랑살랑 꼬리를 친다. 집에서 데리고 온 개가 아니라고 한다. 산길에 있던 녀석에게 먹이를 주니까 계속 따라오더니 이제는 경비를 서준단다. 임시 주인에게 밥값을 하고 있는 셈이다. 배은망덕하는 사람보다 낫다는 생각이 든다. 부탄에는 떠돌이 개들이 많지만 병들어 죽는 개는 많지 않다고 한다. 국가에서 운영하는 동물건강센터에서 떠돌이 개들의 건강까지 관리해주기 때문이다. 먹이는 학교나 공공 기관에서 준다고 하니 개들도 복지 혜택을 누리고 있다는 얘기다.

팀푸종 국기하강식.

힘들고 고단한 삶을 위로하는 춤

팀푸로 돌아오니 정부 종합 청사가 있는 팀푸종에서 국기하강식을
하고 있다. 팀푸로 천도하면서 새로 지은 종이다. 팀푸종은 부탄 축제인
체추Tshechu 덕분에 관광객들에게 세계적으로 유명해졌다. 체추는 일종
의 마스크댄스다. 봄에는 파로종에서, 가을에는 팀푸종에서 파드마 삼
바바에 얽힌 열두 가지 전설 같은 이야기를 춤으로 만들어 공연한다. 체
추가 열릴 때는 자동으로 4일간 공휴일이 된다. 국왕 생일 때도 2일 동안
공휴일이 되고, 첫눈이 오는 날도 공휴일이 된다고 하니 진정 휴일을 즐
기는 나라다. 공무원은 오전 9시까지 출근하여 오후 5시에 칼퇴근하며

토요일과 일요일은 당연히 휴무란다. 부탄처럼 쉴 줄 아는 나라도 없을 듯하다.

일행은 체추를 보지 못해 아쉬워하며 파로로 이동한다. 파로에서 잠을 자야만 해발 3218미터 산허리에 위치한 탁상 사원으로 아침 일찍 갈 수 있기 때문이다. 탁상 사원은 세 시간의 산행을 해야만 다다를 수 있으므로 미리 시간을 벌어놓아야 하는 것이다. 동굴 사원인 탁상 사원은 우리나라 설악산 정상 부근에 있는 봉정암 같은 곳으로 알려져 있다.

일행은 캄캄한 시각에 파로에 도착하여 피곤한데도 이구동성으로 체추를 보고 싶다고 말한다. 그러자 친리가 체추 무용수 몇 명을 수소문해 불러보겠다고 약속한다. 저녁을 느긋하게 마치고 나니 숙소의 간이 극장에 그들이 와 있다. 우리 식으로 말하자면 인간문화재는 아니고 전수생들인 것 같다. 남녀 공히 앳되어 보인다. 마룻바닥에 땀을 떨어뜨리며 최선을 다해 공연하는 그들을 보니 내 자식 같은 생각에 측은한 기분이 든다.

가면을 쓴 동물이나 지신, 영웅들이 등장하여 선신이 악신을 무찌르는 이야기다. 원색의 무용복을 입고 빙빙 도는 것이 춤의 특징이다. 친리의 설명에 따르면, 부탄의 각 지방마다 독특한 춤이 있다고 한다. 산악 지역의 삶이 힘들고 고단하기 때문에 사람들을 위로하는 춤이 발달할 수밖에 없었을 거란다.

숙소에 들어 내 머릿속을 떠나지 않는 것은 어지럽게 빙빙 도는 그들의 춤이 아니라 그들이 신고 있던 신발이다. 버선코가 달린 신발 모양이 우리 것과 같았다. 부탄의 신발에 왜 버선코가 달린 것일까? 남자의 '고'라는 전통 의상도 고구려 벽화 속의 수렵하는 남자 복장과 흡사하다. 식

탁상 사원으로 가는 산길에서 만난 의족을 한 서양인 순례자,
그의 꿈은 자신의 가슴에 도달하는 것이 아닐까?

해발 3218미터 산허리에 자리한 부탄의 최고 성지로 '호랑이 보금자리'란 뜻을 지닌 탁상 사원.

당에서 태극 문양을 본 것도 잊지 못할 것 같다. 혹시 고선지 장군이 이끌던 고구려 유민이 티베트를 거쳐 부탄에 정착했던 것일까? 부탄 언어와 우리말 사이에 비슷한 단어가 있는지 당장이라도 물어보고 싶다. 그러나 지금은 내일을 위해 잠을 자야 할 시간이다.

부탄 제일의 성지가 된 신비로운 탁상 사원

승합차를 타고 탁상 사원으로 이동하는 동안 친리가 일행 중에 말을 탈 사람을 모집한다. 산행에 자신이 없는 몇 사람이 응한다. 말은 중간 지점까지만 간다는데 나는 땀을 쏟으며 몸무게를 좀 줄이고 싶어 걷기로 한다. 말을 타는 값은 20불로 결코 저렴한 편은 아니다. 탁상은 '호랑이 보금자리'라는 뜻이다. 그만큼 신비롭고 위엄 있는 장소인데, 파드마 삼바바가 수행하기 위해 탁상에 도착하자마자 용을 비롯한 사자와 호랑이 등이 나타나 환희의 춤을 추었다고 전해진다.

탁상 사원 초입에서 나는 말을 타는 사람들과 헤어져 산행을 시작한다. 친리와 승합차 기사인 '다지Dhaji' 씨가 지팡이를 건네며 동행해준다. 스물 아홉 살 다지가 우리나라 아이돌 가수를 알고 있다고 이야기하니 신기하다. 부탄에서도 우리나라 음악과 예능 프로그램을 재방송하는 모양이다. 부탄 말을 물어보니 나의 예감이 들어맞는다. 엄마, 아빠 등은 우리말과 같고 심지어 전라도 사투리도 있다. 아주머니를 전라도에서는 '아짐'이라고 부르는데 부탄에서도 그런 것이다. 손바닥을 오므리는 주먹도 '주모'라고 하니 비슷하다.

마침내 비구름에 가려져 있던 탁상 사원이 모습을 드러낸다. 천길 절

지붕에 금칠을 한 키츄 사원은 부탄에 최초로 건립된 절이다.

벽 중간쯤에 사원 건물들이 하얀 조개껍질처럼 붙어 있다. 수직으로 직
하하는 거대한 폭포 부근에는 물방울이 꽃잎처럼 흩날리고 있다. 파드
마 삼바바가 3개월 동안 겨울에도 맨몸으로 고행 명상을 했다는 곳이다.
파드마 삼바바는 부탄 사람들에게 두 번째 부처님으로 불리며 존경받는
전설적인 고승이다. 그가 머문 곳은 모두 성지가 된 것이 부탄 불교의 특
징이다.

　탁상 사원 안은 향 연기가 자욱하고 스르르 졸음이 올 정도로 심신이
편안하다. 일행 대부분은 지독한 향냄새 때문에 참배만 하고 몇 분 만에
사원을 나온다. 창을 통해 돌아갈 곳을 내려다보니 아찔하다. 저 멀리 부

키츄 사원으로 가는 길에 만난 천진난만한 초등학생 남매.

탄 최초의 절이라는 키츄Kyichu 사원도 보인다.

우리 일행은 키츄 사원에 들러 대미를 장식할 것이다. 키츄 사원은 왕실 사원으로 지붕에 금칠을 하여 번쩍거리고 있다. 그러나 탁상 사원을 내려와 가까이서 보니 시골의 작은 사원처럼 초라하다. 초등학교 수업이 끝난 아이들이 절 앞길을 지나가고 있다. 우리나라의 개구쟁이 철수와 순희 같은 얼굴이다. '쿠스장포 라[안녕]' 하고 인사하자 남자아이가 개인기를 자랑하듯 풍선껌을 분다.

키츄 사원을 들르지 않았더라면 후회했을 것이다. 키츄 사원의 오래된 불상을 봤기 때문이 아니라 사원 입구에서 마니차를 돌리고 있는 82세의 '도르제Dolje' 노인을 만났기 때문이다. 도르제는 신성한 불구佛具인 '금강저'라는 뜻이 있는데 티베트나 부탄에서 흔한 이름이다. 노인은 내게 어떤 고승보다도 사람의 향기를 주었던 것이다. 이가 많이 빠진 노인은 잇몸을 드러내며 말했다.

"나는 늙어서 일을 안 시키니 좋아요. 사원 앞에서 날마다 마니차를 돌릴 수 있으니 좋아요. 머지않아 죽으면 파드마 삼바바 님을 만나 천상에서 살 수 있으니 좋아요."

일일시호일日日是好日. 날마다 좋은 날을 보내는 이처럼 행복한 사람이 또 있을까? 노인은 생로병사의 괴로움을 벗어나버린 생불 같은 모습이다. 나만의 생각은 아니었을 것이다. 일행 모두가 환희심을 냈고 깊은 인상을 받았다. 말끝마다 '좋아요'를 반복하는 노인의 소박한 얘기는 어떤 선사의 법문보다도 울림이 컸다. 노인의 말은 내가 부탄 여행에서 받은 가장 큰 선물이 되었다.

사원 추녀 밑에서 마을 노인들이 석양볕을 쬐며 휴대용 마니차를 하

'늙으니 일을 안 시켜서 행복하다'며 휴대용 마니차를 무심코 돌리고 있는 도르제 노인.

나씩 든 채 느긋하게 이야기하고 있다. 부탄의 경우라면 노인들을 위해 나라 예산으로 양로원 같은 시설을 만들 필요가 없는 것 같다. 사원이 노인들의 복지 시설 역할을 전부 해주고 있기 때문이다. 마을 노인들은 날마다 아침부터 저녁까지 사원에서 밥 먹고 기도하며 논다고 한다. 예산 때문에 노인 복지를 걱정하는 우리나라 현실을 떠올려보니 정말로 부럽다. 극락이 하늘에만 있는 것이 아니라 지구의 땅 위에도 있는 것 같다. 나라 전체가 사원 같은 느낌의 부탄 땅이 바로 극락세계인 것이다.

승합차 옆 좌석에 앉은 백운 거사 정현인 씨의 애기도 울림이 있다. 어젯밤 몇 사람이 순례에 대한 감상을 말했는데, 다시 오고 싶은 나라이기는 하지만 자신들이 부탄을 오염시키고 가는 것 같다며 자책하더란다. 자본과 경쟁, 속도에 중독된 이들이 부탄의 '고요' 속에 며칠 동안 잠겨 있으면서 자신의 모습을 되돌아본 것만도 다행이라는 생각이 든다. 부탄 사람들의 행복은 별천지에서 떨어진 것이 아니라 우리들이 잃어버리고 살았던 행복임을 다시금 깨닫는다.

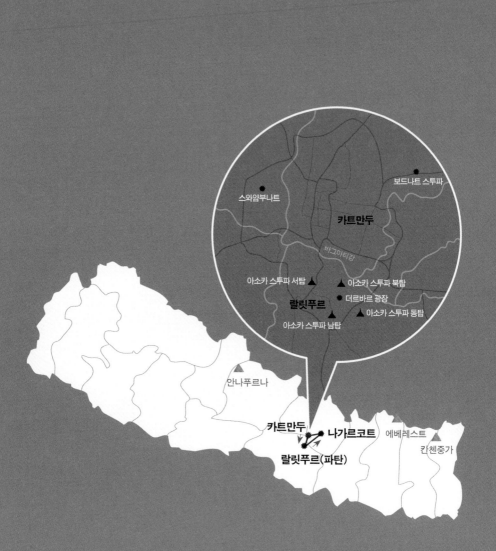

히말라야 기운으로
축복받은 땅,

네팔

네팔 사람들의 자부심인 랄릿푸르의 고색창연한 더르바르 광장.

망명한 티벳 사람들의 귀의처,
보드나트 스투파

카트만두 하늘은 흐려 있다. 창에 빗방울이 하나둘 달라붙었다가는 사라
진다. 손목시계는 한국보다 세 시간 15분 빠른 네팔의 시간으로 고쳐져
있다. 네팔이 내게 주는 입국 선물이다. 그러나 귀국할 때는 반납해야 할
시간이기도 하다. 세상은 무엇 하나 공짜가 없는 법이다.

네팔 사람들에게 힌두교는 삶, 불교는 종교

다 알다시피 히말라야Himalaya산맥 아래 자리한 네팔은 여러 소수 종
족들로 이루어진 나라다. 네팔 국민들은 대부분 힌두교 신자다. 그러나
우리가 아는 상식의 잣대는 여지없이 빗나간다. 네팔은 힌두교 신자 몇
퍼센트, 불교 신자 몇 퍼센트라고 구분할 수 없는 나라인 것이다. 힌두교
는 네팔 사람들의 삶 자체이고 그 속에서 시바, 부처 등등 무엇을 의지하
고 사느냐가 다를 뿐이다. 우리들이 유교식 제사를 지내면서 가톨릭교나

네팔의 역동적인 분위기가 느껴지는 카트만두 국제공항 청사.

불교를 믿는 것과 흡사한 맥락이다. 카트만두 세종학당의 실무를 기획하고 있는 박우석 씨의 설명도 그렇다.

"네팔 사람들은 모두 힌두교인입니다. 그러나 힌두교의 삶을 살면서도 석가모니 부처님을 믿는다고 하는 사람이 제 판단에 의하면 60퍼센트 정도 됩니다. 실제로 그들은 자신을 부디스트Buddhist라고 합니다. 그러니 우리나라와 같은 종교 인구 분석은 네팔을 전혀 모르고 하는 소리입니다."

일행을 태울 버스가 대기하고 있다. 우리를 안내해줄 사람은 '하리Hari' 씨다. 하리는 20여 년 전 대학을 갓 졸업한 뒤 산업연수생 신분으로 한국에서 생활한 적이 있어 우리말을 잘 구사하는 편이다. 나와 지인들은 네팔에서 가장 큰 스투파 중에 하나인 탑 높이 38미터의 보드나트Bodhnath 스투파로 행선지를 정한다. 유네스코에서 세계문화유산으로 지정한 탑이기도 하다. 빗방울이 한두 방울 떨어지기는 하지만 우산 없이 걸을 만하다. '보드Bodh'가 깨달음, '나트Nath'가 사원이니 깨달음의 사원이란 뜻이다. 그러나 현장에 가보니 네팔 사람들은 그냥 보우다나트Boudanath라고 한다. 스투파 부근의 마을 이름이 보우다Bouda이기 때문이다. 여행안내서의 이름보다는 현지의 별칭이 더 정겹다는 사실은 두말할 것도 없다.

비좁은 도로에 차와 사람이 한데 엉켜 있다. 스투파까지 더 이상 버스로 이동할 수 없다. 10여 분 걸어야 할 것 같다. 문득 붉은색 천지인 티베트에 와 있다는 착각이 든다. 네팔의 힌두교 문화보다는 티베트의 불교 분위기가 아주 짙은 지역이다. 왜 '네팔 속의 티베트'라고 부르는지 이해가 된다. 실제로 보우다 지역은 티베트에서 망명한 1만여 명의 난민들이 1956년부터 정착하여 티베트의 정체성을 유지해오고 있다. 1951년 중국이 티베트를 점령하자 네팔로 넘어온 티베트 난민들 중 일부가 히말라야산맥 고산지대로 갔고, 다른 일부는 카트만두의 보우다 지역으로 살길을 찾아서 왔던 것이다. 불심佛心 강한 그들이 보우다에 정착한 이유는 부처의 사리가 봉안된 보드나트 스투파가 결정적이었을 터이다.

보드나트 스투파의 조성 배경에는 한두 가지 전설이 있다. 하나는 천민이 왕의 허락을 받아 조성했다는 이야기다. 또 하나는 가뭄이 심하게 들어 사람을 제물로 바치는 기우제를 지내려고 하는데 아무도 나서는 자가 없어 왕이 "누구든지 얼굴을 보지 말고 머리를 자르라"는 명을 내렸

카투만두 공동 빨래터.

던바 왕자가 한 사람의 머리를 자르고 보니 바로 자기를 사랑하는 아버
지였다는 전설이다. 왕자는 슬퍼하며 왕의 명복을 빌기 위해 탑을 쌓았
는데 물 대신 이슬을 받아 조성했다고 한다. 그래서 보드나트 스투파를
'이슬의 탑'이라고도 부른다. 그러나 이 이야기들은 전설일 뿐이다. 천민
을 내세운 전설에는 정성으로 켠 등불이 바람에 꺼지지 않는다는 '빈자貧
者의 일등一燈'처럼 순수한 마음을 강조하는 종교적 신심이 깃들어 있다.
이 전설은 왕이 고난을 당하는 백성들에게 어떤 정치를 펴야 하는지 말
하고 있으며 왕의 현명한 태도를 강조하는 민초의 염원도 스며 있는 듯
하다. 그런데 하리의 보드나트 조성에 대한 설명은 처음 들어보는 것이

어서 귀가 솔깃하다.

"제가 본 책에는 1500년 전에 이 지역을 다스리던 릿차비족 왕조의 만데비라왕이 부처님의 사리를 모시기 위해 조성했다고 쓰여 있습니다."

릿차비족이 인도 북부에서 카트만두까지 올라와 살았다는 것이 흥미롭거니와 석가모니 부처가 열반한 지 1000년이 지나도록 잊지 않고 그리워하며 존경했다는 것도 경이롭다. 인도 북부의 바이샬리^{Vaishali} 지역에서 흥망성쇠를 거듭했던 릿차비족의 도시국가는 석가모니 부처가 그곳의 자유분방한 분위기를 몹시 사랑하여 세 번이나 찾아갔던 나라다. 부처의 이모 마하파사파티가 출가했으며, 유녀^{遊女} 암바팔리가 부처에게 귀의한 뒤 망고동산을 기증했던 곳이 바로 바이샬리다.

그런가 하면 바이샬리는 부처가 자신의 열반을 3개월 전에 선언한 곳이기도 하다. 그때 릿차비족 사람들은 하늘이 무너지는 듯한 슬픔을 겪었다. 나는 불경을 근거로 해서 쓴 장편소설 『니르바나의 미소』에서 다음과 같이 묘사한 적이 있다.

아난다는 부처님 표정과 눈빛을 보고서는 '무심하게 사물을 바라보는 코끼리' 같다고 느꼈다. 릿차비족이 사는 바이샬리 마을과 거리를 바라보던 부처님이 아난다에게 말했다.

"아난다여! 여래가 바이샬리성 마을과 거리를 보는 것도 마지막이구나."

아난다는 자신도 모르게 마음속으로 중얼거렸다.

'세존께서 바이샬리성 마을과 거리와 사람들을 너무도 사랑하셨음이 틀림없다. 얼마나 사랑하셨으면 마지막이라고 저렇게 말씀하실까.'

티베트 난민들이 오랫동안 마음의 고향으로 의지해온 '깨달음의 사원' 보드나트 스투파.

바이샬리성 사람 중에는 망고동산을 기증한 암바팔리도 사랑하셨으리라. 나중에 출가하여 사문이 되는 암바팔리의 두 아들, 비마라와 콘단냐도 각별히 귀여워하셨을 것이다.

우주의 지수화풍을 상징하는 보드나트 스투파

이윽고 보드나트 스투파 앞에 선다. 붉은 가사 차림의 티베트 승려들과 검은 복장의 신자들이 마니차를 돌리며 코라[탑돌이]를 하고 있는 모습이 인상적이다. 한쪽에서는 오체투지를 하고 있다. 탑돌이는 시계 방향, 즉 왼쪽에서 오른쪽으로 돈다. 신이 오른쪽에 있다고 믿기 때문이다. 나와 지인들도 어떤 주술에 걸린 듯 티베트 신자들을 따라 탑돌이를 한다. 탑의 맨 하단에는 마니차를 돌릴 수 있는 장치가 설치되어 있고, 사각 기단 위 하얀 반구에는 아미타불阿彌陀佛 108분이 감실龕室에 봉안되어 있다.

탑돌이를 하고 나서 자세히 보니 스투파는 다섯 가지로 구성되어 있다. 땅을 상징하는 4각의 기단이 있고, 그 위에 물을 상징하는 하얀 반구인 쿰바가 있고, 불을 상징하며 4면으로 된 하르미카가 있고, 바람을 상징하는 첨탑 스삐레가 있고, 상단에는 우주를 상징하는 우산 모습의 움브렐라가 있다. 부처의 두 눈 사이의 또 하나의 눈은 '제3의 눈', 즉 지혜의 눈이라 한다. 물음표를 닮은 코 모양은 티베트 말로 1이라는 숫자를 상징하는데 진리는 하나라는 뜻이다. 스삐레는 열세 개의 계단으로 되어 있는데 이는 열반으로 가는 과정을 의미한다.

어쨌든 스투파에는 우주의 구성 요소인 지수화풍이 형상화되어 있

오체투지란 나를 비운 마음자리에 연민과 슬픔을 채우는 수행이 아닐까?

원색의 단주와 염주들 빛깔이 참배객의 소망처럼 강렬하고 다양하다.

고, 티베트 신자들은 스투파를 거대한 탑이라 하여 초르텐 쳄포Chorten Chempo라고 부르고 있다. 오체투지를 하거나 '옴[우주] 마니[지혜] 밧메[자비] 훔[마음]'을 외며 마니차를 돌리는 그들을 보니 '신심이 성지聖地'라는 성철 스님의 말씀이 가슴을 친다. 스투파 주변에는 티베트의 크고 작은 곰파 Gompa[사원]들이 30여 개나 들어서 있다. 중국이 티베트의 땅은 점령했지 만 티베트인들의 신앙심이라는 에너지로 볼 때 그들의 마음까지는 점령 하지 못한 것 같다. 그들 마음의 스승은 중국의 정치 지도자가 아니라 오 직 부처뿐인 것이다.

생로병사가 한데 엉켜 흐르는
바그마티강

여행은 '인생의 스승이다'라는 금언이 있다. 인생을 절절하게 가르쳐주는 교사라는 뜻이다. 여행은 인생 공부의 현장 학습이자 예습과 복습이다. 보드나트에서 지근거리에 있는 데오파탄Deopatan 마을에 와서 생각해보는 말이다. 데오파탄 마을에도 세계문화유산으로 지정되었으며 네팔에서 최고 성지로 여기는 힌두 사원 파슈파티나트Pashupatinath가 있고, 인도의 강가강과 같이 어머니라는 의미를 지니는 바그마티Bagmati강이 흐르고 있다.

'파슈Pashu'는 생명체, '파티Pati'는 존엄한 존재, '나트'는 사원이란 뜻이니 '파슈파티나트'는 뭇 생명을 존엄하게 여기는 사원이다. 그런가 하면 '파슈파티'는 모든 동물의 주인이라는 뜻도 있다. 파슈파티나트는 477년에 초창하여 지금까지 네팔 사람들에게 사랑받고 있는데, 현재 모습은 1697년 말라 왕조 부파틴드라Bhupatindra왕 때 완성되었다는 것이 정설이다. 말라족은 원래 인도의 쿠시나가라에 살던 종족인데 어떤 연유

망자가 흘린 노잣돈을 줍는 바그마티강의 소년들 뒤로 망자가 남긴 한처럼 연기가 자욱하다.

로 네팔 땅에 북상했는지 궁금하다. 말라족이 살던 쿠시나가라는 석가모니 부처가 전생에 살았던 고향이다. 그 인연으로 석가모니 부처는 쿠시나가라로 찾아가 열반에 들었고 화장터에서의 다비茶毘는 말라족 사람들 손으로 행해졌다.

파슈파티나트 초입에 들어서자마자 장막을 친 듯한 연기가 시선을 유혹한다. 초입에 기념품을 파는 가게들이 난장을 이루고 있지만 순례자들의 시선은 건성이다. 결코 유쾌하지 못한, 불온한 연기 냄새 때문이다. 벌써 코를 감싸 쥔 사람도 보인다. 1995년에 한 번 온 곳이지만 시선을 잡아당기는 강도는 그때나 지금이나 마찬가지다.

산 자와 죽은 자가 이별하는 가트

그렇다. 나와 지인들의 관심은 파슈파티나트가 아니다. 더구나 파슈파티나트는 힌두교 신자가 아니면 출입이 금지되어 있다. 지붕을 황금으로 치장한 사원의 본당 입구에는 제복을 입은 건장한 사내들이 지금도 힌두교 신자인지 아닌지 엄격하게 가려 사람을 들여보내고 있을 것이다. 나의 관심은 파슈파티나트 옆구리를 스치는 바그마티강의 가트Ghat다. 가트란 시신을 태우는 공간이다. 금생의 삶을 공식적으로 마치는 곳이다. 망자의 영혼을 바다로 떠나보내는, 산 자와 죽은 자가 이별하는 지점이다.

강은 오염되어 난치병 환자처럼 몸살을 앓고 있다. 어린 소년들은 그 환자의 품속에서 무언가를 찾고 있다. 강물 속에 사는 피라미를 잡듯 허리를 구부렸다 폈다 한다. 나도 어린 시절 그랬다. 어른을 따라서 개울로 나가 바위 밑을 더듬으며 붕어를 잡았던 것이다. 그러나 바그마티강의 소년들은 그게 아니다. 물고기 대신에 망자가 흘린 노잣돈과 금니 따위를 더러운 강물 속에서 줍고 있다. 일용할 한 끼의 양식을 구하고 있는 소년들이다. 소년들에게 강물은 더럽지 않다. 학용품도 사고 신발도 살 수 있는 터전이다. 『반야심경』의 불구부정不垢不淨을 바그마티강이 보여주고 있다. 강은 본래 더럽지도 깨끗하지도 않은 것이다. 세상을 좁게 보는 육안肉眼이 이리저리 분별할 뿐이다.

길가에 원색으로 분장한 사두Sadhu들이 앉아 있다. 동물 모양의 탈을 쓰고 있는 사두도 있다. 기이한 모습인데 시바가 그렇게 생겼다고 한다. 힌두교 수행자들이다. 사진을 찍으면 돈을 내라고 손을 내민다. 사두도 가짜가 있고 진짜가 있나 보다. 내가 예전에 보았던, 평생 머리카락을 자르지 않은 사두는 보이지 않는다. 히말라야 산자락에서 수행하고 내려온 그는 순례자들에게 존경받는 사두였다.

강 건너 가트에서는 시신들이 연기를 피우며 타고 있다. 대기하고 있는 시신도 있다. 시신에 불을 붙이는 장남은 머리를 삭발한다고 한다. 실제로 머리를 삭발한 흰옷 차림의 사내들이 보인다. 시신에도 급이 있다. 비록 호흡은 멎었지만 시신에는 아직 계급(카스트)이 붙어 있다는 것이다. 파슈파티나트 안으로 들어가는 다리를 경계로 남쪽(순례자들이 들어오는 출입구 방향) 람Ram 가트는 일반인들의 시신이, 사원 본당 앞인 북쪽 아리아Arya 가트는 왕족이나 정치 지도자들이 태워지는 곳이다.

한눈에 봐도 시신을 두른 천이나 시신에 뿌려진 꽃의 양이 다르다. 람 가트의 시신을 에워싸고 있는 가족들의 옷차림도 차이가 난다. 남루한 옷차림에 얼굴은 무표정하다. 울면 시신이 홀가분하게 떠나지 못한다는

망자의 영혼을 바다로 떠나보내는 산 자와 죽은 자가 이별하는 가트.

속설이 있다. 그런 이유 때문이 아니라 삶에 지친 모습이 역력하다. 울 힘도 없어 보인다. 하루하루가 힘든 우리 서민들과 별로 다르지 않다. 그러나 바그마티강에 흘려보내는 저 망자들이 가진 영혼의 무게란 모두가 평등하지 않을까.

다리 위쪽으로 올라가보니 역시나 아리아 가트에 올려놓은 시신의 계급이 느껴진다. 화려한 복장의 가족들이 그것을 대변해주고 있다. 시신을 태울 향나무 장작도 넉넉하다. 람 가트와 달리 여기서는 통곡하는 사람도 있다. 부귀영화를 더 누리지 못하고 떠나는 망자의 영혼이 억울해서 그러는 것일까. 뚱뚱한 가족들이 얼굴을 일그러뜨리며 우는 것을 보니 미안한 얘기지만 슬픔이 느껴지지 않는다. 제사를 지내는 둥그런 제단은 강가 곳곳에 있다. 망자를 보내고 나서 브라만Brahman의 지시대로 가족들이 모여서 제사를 지낸다고 한다. 바그마티강이 망자의 무덤인 셈이다.

삶과 죽음은 하나 '생사일여'의 깨달음을 얻다

예전에는 49일 동안 제사를 지냈지만 지금은 13일로 간소화시켰다고 한다. 왜 시신의 입부터 불을 붙이냐고 묻자 하리가 대답한다.

"사람의 업은 대부분 입에서 짓는다고 하여 입부터 불을 붙이는 겁니다. 보통 아버지는 장남이, 어머니는 막내가 불을 붙이죠. 바그마티강에 시신의 재를 흘려보내는 것은 조상님들이 바다에 살고 있다고 믿기 때문입니다. 이곳에서 보내면 결국 바다에서 조상님들과 만나 살게 된다고 생각하는 것 같습니다."

화장을 집행하는 브라만 계급의 사내가 화장용 장작더미에 불을 붙이고 있다.

바그마티는 어머니라는 뜻이라고 한다. 이는 인도의 강가와 마찬가지다. 어머니의 자궁에서 태어나 어머니의 자궁으로 돌아간다는, 삶과 죽음은 하나라는 생사일여生死一如의 깨달음을 준다.

"시신의 머리는 북쪽 수미산(히말라야)을 향하게 합니다. 신이 계시는 곳이 북쪽이기 때문입니다. 장작 위에 볏짚을 올린 까닭은 불이 잘 붙게 하기 위한 것이고, 부자들은 향나무 장작을 사용합니다. 향나무는 시신이 타는 냄새를 중화시켜줍니다. 시신은 두세 시간 탑니다. 화장을 집행하는 사람의 계급은 브라만이고 화장 비용은 3000루피 정도입니다. 화장한 뒤 가족은 13일 동안 집에 들어가지 않습니다. 13일째에 죽은 이

시신도 계급이 있어 다리 남쪽에서는 일반인, 다리 북쪽에서는 왕족의 시신이 태워진다.

가 극락에 간다고 생각하므로 그렇습니다."

물론 13일의 외출을 지키는 사람들은 드물 것이고 눈치껏 귀가할 터이다. 어느 나라든 불효자식은 있기 마련이니까. 내 뒤쪽으로 작은 스투파들이 모여 있다. 스투파 안을 살펴보니 맷돌 같은 모양의 조형물이 설치되어 있다. 그러나 농기구가 아니고 창조의 신 시바의 상징물이다. 뭉툭하게 솟은 남근男根이 시바 링가Siva Linga이고, 링가를 받치고 있는 둥그런 석조가 여음女陰인 요니Yoni다. 저 링가와 요니가 결합해 있으니 생명체의 창조가 가능할 것이다. 사두들이 기도하면서 링가에 붉은 안료를 묻히곤 하여 빳빳하게 발기한 성기를 연상시키는데 나만 그런 생각을 했는지도 모르겠다.

좀 더 위로 오르니 강물이 가트 쪽보다는 맑다. 젊은 연인들이 강물에 서로 손을 적시고 있다. 강물에 같이 몸을 적시면 죽은 뒤에도 다시 부부로 태어난다고 하는데 전설 따라 삼천리 같은 얘기다. 강물이 맑아서인지 빨래를 하는 해맑은 아낙네들도 보인다. 그러고 보니 바그마티강에 와서 생로병사를 다 본 듯한 느낌이다. 이러한 까닭에 여행을 인생 공부의 예습과 복습이라고 할 것이다.

바그마티강을 떠나면서 다목茶目 유수용 씨가 일행을 향해 나직이 읊조린다.

붉은 향 내음 불러 길을 푸른 미래에 두고/ 구름 땅 밟다가 삶이 엷게 퇴색하면/ 비로소 이슬방울 옹기종기 내린다/ 두 손을 내밀어 가난을 구걸하고/ 가진 자의 손끝에 평안이 부끄러워지면/ 마침내 살아가는 것이 숙명이 된다/ 검은 내일의 바그마티강이/ 거슬러 푸르게 씻어내더니만/ 하얗게 눈 덮인 설산으로 흐른다

힌두교와 불교를 공존하게 하는
쿠마리

내가 쿠마리 신전에 다시 온 까닭은 쿠마리를 보고 싶어서가 아니다. 예전에 왔을 때 어린아이로 장사하고 있다는 잔인한 느낌이 들어 메모도 남기지 않았던 곳이다. 그러나 오늘 다시 온 것은 쿠마리가 불교와 힌두교의 갈등을 방지하는 네팔 사람들의 지혜롭고 독특한 문화의 산물이라는 생각이 들어서다.

지혜롭고도 잔인한 쿠마리 문화

쿠마리Kumari 신전은 1979년에 세계문화유산으로 지정된 더르바르Durbar 광장 남쪽에 자리하고 있다. 세계 어느 나라에도 없는 '살아 있는 신'이 살고 있는 곳이다. 쿠마리는 산스크리트어로 처녀라는 말이다. 반대로 쿠마르는 총각이다. 비가 다시 추적추적 내린다. 쿠마리 신전 건물의 창과 문은 모두 검은 색조다. 비가 내린 탓인지 더욱 우중충하다. 관광객들이 처마 밑에서 쿠마리가 나오기를 기대하고 있다. 내가 15년 전에 왔을 때는 현관문을 들어서 쿠마리가 사는 방으로 직접 갈 수 있었는데, 지금은 철저하게 통제하고 있다. 관리인이 하루에 두 번 정도 창을 열어 쿠마리가 외부인들을 내다보게 하는 모양이다. 처마 밑에서 처마 바깥쪽으로 조금 고개를 내밀자 비둘기가 똥을 싸고 날아간다. 우산을 쓰지 않았더라면 비둘기 똥을 머리에 묻혔을 것이다.

쿠마리의 역사는 300여 년 전으로 거슬러 올라간다. 말라 왕조의 마지막 왕이었던 자야프라카시 때부터 쿠마리 역사가 시작된다. 여러 가지 전설이 있지만 하리는 다음과 같이 설명한다.

"왕이 밤에 꿈을 꾸었는데 어린 여자아이가 나타나 자기가 신이라고 말했다고 합니다. 그런데 꿈에서 깨고 나서도 그 여자아이를 보았습니다. 그래서 왕은 그 아이를 신으로 믿을 수밖에 없었고 모든 백성들에게 알렸다고 해요."

말라족은 부처가 열반했을 때 부처님을 화장했던, 불자들에게는 고마운 종족이다. 부처가 '수행자는 장례에 간여하지 말라. 잠시도 방일放逸하지 말고 정진하라'고 유언했기 때문에 당시 쿠시나가라에 살던 말라족 마을 사내들이 모두 나서서 전단향栴檀香나무를 쌓아놓고 부처를 화장했던 것이다.

쿠마리도 신으로서 재위 기간이 있다. 5, 6세에 뽑혀서 초경 전까지만 신으로 대접받다가 후임 신에게 신위를 물려주어야 한다. 물론 아무라도 간택되는 것은 아니다. 정해진 혈통과 신체 조건을 갖추어야 한다.

혈통은 아버지는 불교를 믿는 석가釋迦[Sakya]족 이어야 하고 어머니는 힌두교인어야 한다는 조건이다. 그러니 쿠마리가 두 종교 간 화합의 상징이기도 한 것이다. 나는 이 부분이 매우 흥미로워 하리에게 다시 확인했지만 사실이다.

"네팔에서는 불교인과 힌두교인 간에 싸움이 없어요. 모두 쿠마리 때문이지요. 쿠마리가 있는 한 평화로울 겁니다."

쿠마리의 신체적 조건은 머리카락과 눈이 검고, 얼굴 피부는 보리수나무 같고, 눈꺼풀은 소의 것과 같고, 목은 고동 같고, 다리는 사슴 다리 같고, 몸에는 어떤 상처도 없어야 하는 등 서른두 가지다. 혈통과 신체의 자격 조건을 통과한 쿠마리 후보자들은 마지막 관문으로 두려움이 있는지 없는지를 시험받는다.

즉 양이나 닭 등의 잘린 머리를 놓아둔 어두운 방에 갇힌 채 하루를 견뎌야 한다. 그런가 하면 시험관이 괴성을 지르거나 무서운 가면을 쓰고 나타나 겁을 주고 쿠마리 후보자가 어떤 태도를 취하는지도 시험하는데 두려워서 울거나 소리를 지르면 탈락시킨다. 신은 두려움이 없기 때문이다.

"쿠마리가 되면 그 가족은 경제적으로 부가 보장됩니다. 백성은 물론 국왕도 쿠마리를 신으로 대접하기에 그렇습니다. 옛날에는 은퇴한 쿠마리와 살면 남편이 죽는다는 속설이 있어 결혼하지 못했지만 25년 전부터는 많이 달라졌습니다. 은퇴하고 결혼해서 잘 사는 쿠마리도 있습니다."

2013년 쿠마리는 42대 신이고 나이는 7세인데, 나와 지인들은 잠시 시큰둥한 표정의 쿠마리를 본 뒤 더르바르 광장으로 향한다. 관리인 말에 의하면 쿠마리의 기분이 좋지 않다고 한다. 비가 오락가락해서 그런지도 모르겠다. 그러나 비가 더 이상 내릴 것 같지는 않다. 구름 뒤편에서 해가 언뜻언뜻 발걸음을 하고 있다.

더르바르 광장 한가운데 선 석주, 연화대좌 위의 사실적인 인물상이 시선을 사로잡는다.

더르바르 광장 중심에 있는 자가나라얀 사원 앞의 거대한 코끼리상.

금은세공 기술이 뛰어난 석가족

박물관에 입장료를 내고 들어갔지만 네팔이 명절 기간이라서 박물관 내부까지는 들어갈 수 없는 휴관일이다. 네팔 역대 왕들의 사진이 걸린 회랑에서 하리의 설명만 듣고 만다. 왕궁을 개조하여 박물관으로 만든 까닭에 웅장하다. 어쨌든 무작정 회랑에서 시간을 낭비할 수는 없다. 다시 나와 광장으로 들어선다. 하리가 광장 입구의 어떤 건물 2층으로 안내한다. 올라가보니 광장 전체를 조망할 수 있는 곳이다. 가만히 생각하니 카트만두 시내에만 세계문화유산이 일곱 군데나 된다. 카트만두는 세계문화유산을 가장 많이 보유한 도시일 것이다.

교복을 입은 앳된 여학생들이 수다를 떨면서 사진을 찍고 있다. 좀 전에 주마간산으로 스쳤던 사원들과 관광객들이 한눈에 보인다. 광장에서 대표적인 힌두교 사원은 시바 파르파티다. 대부분의 힌두교 사원은 주신主神이 한 명이지만 이 사원은 다르다. 시바와 그의 부인 파르파티를 함께 모시고 있다. 사원 3층의 창을 열고 다정하게 밖을 내다보고 있는 부부 조각상이 어딘지 인간 냄새를 풍기는 시바와 파르파티다. 왕과 왕비로 착각할 정도다.

옛 왕궁의 거무튀튀한 창과 창틀은 나무로 가공한 것들인데 대단히 정교하다. 성性을 감추지 않는 힌두교의 성애 문화는 왕궁 건물에도 어김없이 조각되어 있다. 온갖 성행위를 그림으로 그려놓은 책도 있다. 『카마스투라』가 그것이다. 은밀하지 않고 너무 적나라하여 무슨 해부학 서적처럼 무덤덤한 느낌이 들기도 하는데 관광객들에게 인기 있는 책이라고 한다.

옛 왕들이 즉위식을 한 더르바르 광장은 랄릿푸르Lalitpur라는 도시

옛 왕궁의 나무 문과 창에 사실적으로 양각한, 상징성이 풍부한 조각물.

의 중심이다. 랄릿푸르는 파탄Patan이라고도 부르는데, 카트만두 계곡에 있던 세 개의 옛 왕국 중 하나의 땅이었던 것이다. 현재 파탄의 인구는 20만이고 석가모니 부처의 후예인 석가족이 5만여 명 살고 있다고 하리가 설명한다. 또한 석가족은 금은세공 기술이 뛰어나 파탄에서 대대로 불상이나 불구를 만들며 살고 있다고 한다. 석가족이 만든 불상이 우리나라에도 이미 들어와 있다고 하니 놀랍기만 하다.

　문득 석가족을 만나고 싶어 하리에게 부탁하자, 어렵지 않은 일이라며 곧 한 사람을 데리고 온다. 명함에 적힌 이름을 보니 석가족이 분명하다. 성이 샤카[석가]다. 슈라즈 샤카Suraj Shakya 씨는 41세로 명함에 자

조각 솜씨가 뛰어난 석가족 사람들의 손으로 만든 옛 왕궁 신상들.

신의 얼굴을 만화처럼 그려놓았는데, 감각적인 그림 솜씨가 제법이다. 그는 자신이 주로 독일인 가이드를 하고 있으며 예술가이자 번역가라고 소개한다. 그에게 석가족이 왜 인도 카필라성에서 카트만두까지 올라와 살게 되었느냐고 묻자 해박한 역사 지식으로 설명해준다.

슈라즈와 다시 만나기로 하고 광장으로 들어선다. 광장 중앙쯤 휴식하기 좋은 사면 계단이 놓인 마주데발 힌두교 사원이 있다. 이곳 역시 시바가 주신이고 성기 모양의 링가가 안치되어 있다. 쿠마리 문화의 영향 때문인지 여러 힌두교 사원들과 골든 템플 같은 불교 사원들이 주변에 사이좋게 뒤섞여 있다.

석가족에게 파탄 땅을 선물한
아소카왕

석가족 사람들이 기원전 5세기쯤 파탄 지역으로 옮겨와 살고 있는 이유에 대한 슈라즈의 설명을 듣는다. 나와 지인들은 잠시 후 아소카^{Asoka}왕 사리탑으로 이동할 생각이다. 카필라성이 멸망한 뒤 석가족은 두 군데로 피난을 가게 되는데, 인도의 상카시아와 네팔의 파탄이 그곳이다. 나는 인도의 상카시아를 몇 년 전에 가본 적이 있고, 지금도 그곳의 풍경이 또렷하다. 상카시아에는 석가족이 건립한 불교 사원과 석가족 집성촌이 있는데 그곳 마을 사람들에게 환대를 받았던 것이다.

"카필라성이 멸망한 것은 코살라국 왕의 복수극 때문이었습니다. 그때 석가족 일부가 히말라야산맥 쪽으로 피난을 왔는데 지금은 파탄에 모여 석가족의 전통을 지키며 살고 있습니다."

카필라성을 잃은 석가족, 파탄 땅으로 와 살다

석가족의 카필라성이 멸망한 이유는 이러하다. 석가족은 부처가 자기 왕국 사람이라고 하여 혈통에 대한 자부심이 대단했다. 그런데 카필라성 부근에는 강대국인 코살라국이 있었다. 코살라국 파세나디^{Pasenadi}왕 역시 부처를 흠모한 나머지 석가족 출신의 왕비를 맞이하고 싶었다. 결국 그는 카필라성으로 사신을 보내 자신의 의향을 전했던바, 카필라성 왕은 강대국 왕의 요청을 들어주지 않을 수 없었다. 할 수 없이 카필라성 왕은 순수한 왕족 혈통의 여성 대신 여종의 딸 바사바카티야를 보냈다. 파세나디왕은 크게 기뻐하며 바사바카티야를 정비로 맞아들였다. 바사바카티야는 얼마 후 비두다바^{Vidudabha} 태자를 낳았고, 태자는 성장하여 생모의 고향이자 자신의 외가인 카필라성을 방문하였다. 그때부터 비극이 시작되었다. 출생의 비밀을 알아버린 비두다바는 코살라국으로 돌아와 부왕에게 그 사실을 보고했고, 파세나디왕은 분노하여 정비와 태자의 지위를 즉시 박탈했다. 그러나 태자는 부왕을 살해하고 왕권을 탈취한 뒤 대군을 이끌고 카필라성을 공격하였다. 그는 석가족을 연못에 몰아넣고 수장시키는 등 잔인하게 학살하며 복수극을 폈다. 구사일생으로 살아남은 사람들은 성을 탈출하여 피난을 떠났는데 그중 일부 후손들이 현재도 네팔 파탄 지역에 살고 있다고 슈라즈가 설명한다. 내가 알고 있는 카필라성 멸망에 대한 지식과 같다. 나 역시도 인도 여행기의 일종인 「아소카왕 유적 답사기」라는 글을 집필하면서 카필라성 역사를 깊이 들여다본 적이 있었던 것이다.

슈라즈는 독일인 부부를 만나더니 파탄에 남는다. 나와 지인들은 버스를 타고 기원전 3세기 때 아소카왕이 파탄을 방문한 기념으로 세운 스투파가 있는 장소로 향한다. 파탄에는 아소카 스투파가 동서남북과 중앙에 다섯 기가 있다고도 하고, 동서남북에 네 기만 있다고도 하는데, 더 확인해야 할 문제다. 아소카왕이 스투파를 세운 목적 중 하나는 석가족이 대대로 살 수 있는 파탄 땅을 하사하려는 것이었다는 이야기가 전해진다. 그게 사실이라면 누구보다도 부처를 흠모했던 아소카왕이 석가족에게 땅을 선물한 셈이다.

아소카 스투파를 돌며 우리와의 인연을 생각하다

일행은 물이 말라가는 파탄의 테타^{Teta}천을 지나 아소카 스투파 중 동탑에 먼저 가본다. 현지인들은 타이타 투라$^{Taita\ Thura[Teta\ Thura]}$라고 부르고 있다. 생각보다는 초라하다. 북적거리는 길옆에 우리의 왕릉 같은 모습으로 있다. 상단은 보드나트 스투파 같은 형식이다. 하단에 명문이 적힌 검은 표지석이 있는데 아소카왕 시대에 사용했던 팔리어가 희미하게 남아 있다. 이를 근거로 아소카 스투파라고 단정하고 있는 것이다.

다시 남탑으로 간다. 현지에서는 라간 투라$^{Lagan\ Thura}$라고 부른다. 남탑 역시 주택가에 있는데, 입구 쪽에 석가족이 5000루피를 시주하여 정화했다는 기록이 보인다. 스투파는 모두 자동차로 15분 정도 거리에 떨어져 있다. 서탑인 푸초 투라$^{Pucho\ Thura}$는 파탄의 문[門]에서 가깝다. 역시 입구에 시주자 명단이 보이고 네팔 연대가 명기되어 있다. 네팔 연대가 기원후보다 97년 빠른 것이 특이하다. 한갓진 장소인지 젊은이들이 데이트를 즐기고 있다. 북탑은 바그마티강 옆에 있는데 이바히 투라$^{Ibahi\ Thura}$라고 한다. 네 스투파 중에서 가장 규모가 크고 잘 관리되고 있는 듯 깨끗하다.

숙소로 돌아오는 길에 지인들이 나를 지목하더니 『아소카 대왕』이라

아소카 시대에 사용했던 팔리어가 희미하게 남아 있는 동탑.

는 소설을 구상하고 있으니 아소카왕이 어떤 위인인지 이야기해달라고 청한다. 망설이다가 내가 아는 지식을 회향하는 것도 좋은 일이라는 생각이 들어 허락한다.

"아소카는 기원전 3세기 때 인도를 통치했던 왕이었는데 알렉산더 Alexander대왕, 칭기즈칸Chingiz Khan과 더불어 세계 3대 대왕으로 평가받고 있는 인물입니다. 그런데 아소카가 칭기즈칸과 알렉산더보다 더 위대한 점은 단순한 정복왕이 아니라 통치 철학이 있는 왕이었다는 사실입니다.

아소카왕의 가계는 이렇습니다. 아소카의 할아버지 찬드라굽타

Chandragupta는 알렉산더대왕이 인도를 침략했을 때 참모가 되었다가 극적으로 탈출하여 마우리아 왕조를 세운 인물입니다. 찬드라굽타의 아들이자 아소카의 아버지인 빈두사라Bindusara는 101명의 왕자를 두었으며, 인도 전역을 점령해나갔던 왕입니다. 아소카는 젊은 시절에 잔인했습니다. 101명의 왕자 중 자신의 친동생 한 명만 남기고 99명의 이복동생을 살해한 뒤 왕위를 쟁취한 까닭이지요. 그랬던 그가 칼을 버리고 담마 dhamma[佛法]로 통치하겠다고 전환한 계기는 동인도 칼링가국과의 전쟁이었습니다. 칼링가국을 무력으로 정복하고 난 뒤 수십만 명의 전쟁 사상자를 직접 목격하고 나서 마음을 바꿨던 것이죠. 그는 다른 나라를 침략하는 대신 전법사傳法師를 보내는 전륜성왕轉輪聖王이 된 겁니다. 제가 놀란 것은 그가 인도 전역에 떠도는 걸인을 구제하고 동물 병원을 세우는 등 복지의 리더십을 가졌다는 사실입니다. 동물도 사람과 똑같이 존엄한 생명을 가졌다는 불법을 실천한 겁니다."

그런 아소카왕이 우리 역사와도 관계가 있으니 더욱 흥미롭다. 우리나라의 공식적인 불교 전래는 고구려 소수림왕 2년이니까 4세기 후반이다. 언뜻 기원전 3세기 때 활동한 아소카왕은 우리와는 역사적으로 아무런 관련이 없는 듯 보인다. 그러나 우리나라 삼국시대 왕들이 하나같이 아소카왕을 모델로 삼고 싶어 했다는 『삼국유사』의 기록이 있다. 아소카왕의 그림자가 우리 불교사에도 드리워져 있는바, 『삼국유사』 탑상편 '황룡사 장육존상'에 다음과 같은 글이 보인다.

신라 제24대 진흥왕 즉위 14년(553) 2월에 대궐을 용궁 남쪽에 지으려는데 황룡이 나타났으므로 이에 절로 삼고 황룡사라 했다. (중략)

주택가 안의 아소카 스투파 남탑. 관리인이 한가롭게 앉아 있다.

얼마 후 바다 남쪽에서 큰 배 한 척이 떠와서 하곡현 사포(현 울주 곡포)에 닿았다. 배를 검사해보니 공문이 있었다. 인도 아육왕阿育王이 황철 5만 7천 근과 황금 3만 푼을 모아 석가의 불상 셋을 주조하려다 이루지 못했다. 그래서 그것을 배에 실어 바다에 띄우면서 '인연이 있는 국토에 가서 장육존상을 이루어 달라'고 축원했다는 것이다.

물론 이 글은 인도 불교가 신라로 들어왔다는 점을 과시하려는 의도가 분명해 보이지만, 진흥왕은 아소카왕[아육왕]을 자신이 닮고 싶은 제왕으로 여기지 않았을까 하는 생각이 드는 것이다. 고구려 광개토왕도 아

119

파탄의 아소카 스투파 중에서 가장 규모가 큰 북탑.

한갓진 변두리에 있어 젊은이들의 데이트 코스인 아소카 스투파 서탑.

소카왕을 흠모했던 것 같다. 『삼국유사』 탑상편 '요동성육왕탑'에 나오는 얘기를 보니 그렇다. 여기서 육왕이란 아육왕을 줄인 말이다. 광개토왕이 요동성을 정복한 뒤 신하들과 순행하다가 아소카왕이 세운 불탑 자리를 발견하고는 신앙심이 생겨 칠중목탑七重木塔을 세웠다는 내용이다. 백제의 성왕聖王도 마찬가지다. 성왕이란 전륜성왕의 줄임말이기 때문이다.

그대 자신이 바로
한 송이 연꽃이 되라

네팔의 카트만두 여행도 마지막으로 치닫고 있다. 하룻밤 자고 나면 떠나야 한다. 나와 지인들은 네팔을 떠나기 전에 설산의 일출을 보는 것이 좋겠다고 하여 나가르코트Nagarkot로 이동 중이다. 나가르코트는 카트만두에서 동쪽으로 32킬로미터 떨어진 해발 2190미터 산자락에 있는데, 만년설을 머리에 인 설산들을 조망할 수 있는 전망대 같은 곳이다. 11월에서 2월 중에 안나푸르나 S봉(7273미터)부터 안나푸르나 제1봉(8090미터)·제2봉(7937미터)·제3봉(7557미터), 서쪽의 에베레스트산(8848미터), 동쪽의 칸첸중가산(8603미터)까지 다 볼 수 있는 지점인 것이다.

백룡의 비늘처럼 눈부신 히말라야 연봉들

지명을 풀이하는 것도 흥미로운 일이다. 산스크리트어로 '나가르'는

운해에 덮여 숨바꼭질하듯 나타나는, 나가르코트로 가는 좁은 산길.

용龍이라는 뜻이고, '주나'는 나무[樹]라는뜻이다. 그래서 제2의 부처라고 불리는 나가르주나를 용수龍樹라고 한역한다. 그렇다면 '코트'는 무엇일까? 우리를 안내하는 하리도 모른다. 그래서 나는 코트를 '곶, 곶'으로 발음하여 상상력을 발동해본다. 우리말에 '곶'이란 단어는 바다 쪽으로 돌출한 땅을 말한다. 믿거나 말거나지만 용이 비상하는 듯한 모습이어서 나가르코트라고 하지 않았을까도 싶다.

네팔에도 우리말이 더러 있다. 히말라야 혹은 아시아 어딘가의 언어가 네팔이나 우리나라로 흘러들었다고 봐야 한다. 네팔에서도 히말라야 산자락에 사는 몽골리안 세르파족 말에서 우리말이 발견되고 있다. 예컨대 뜻과 발음이 같은 단어는 과자, 낙서, 차, 가발, 지키다, 엄마, 아빠 등이다. 우리말과 발음은 같은데 뜻이 다른 단어는 모자(양말이라는 뜻), 눈(소금이라는 뜻) 등이다.

다행히 내일은 비가 내리지 않는다는 예보다. 비가 오락가락하여 일몰은 보지 못하지만 일출은 가능하리란 생각이 든다. 숙소에 들자, 외국인들이 로비에서 한가롭게 차를 마시고 있다. 인도인 대가족도 보인다. 부인들 미간에 신두르Sindhur라는 빨간 점이 찍혀 있다. 사두에게 축복을 받은 표시이기도 한데, 여성이 가르마 부분에 신두르를 칠하면 결혼을 했다는 증표이고 남편이 죽으면 지운다는 얘기를 들은 적이 있다. 어쨌든 나가르코트를 찾은 그들도 나와 비슷한 생각으로 일찍 잠자리에 들 것이다. 새벽의 일출을 보기 위해서다. 히말라야 연봉을 머리맡에 두고 누워 있다는 생각 때문인지 머리가 더없이 맑다. 잡사雜事의 번뇌가 시나브로 씻어지는 느낌이다. 밑도 끝도 없이 내가 든 숙소가 설산으로 바뀌어 명상에 잠기는 꿈을 꾸었다. 알고 보니 히말라야, 즉 히마Hima는 눈

나가르코트 산봉우리 너머로 언뜻언뜻 보이는 히말라야 설산들.

이고 알라야Alaya는 집이란 뜻이다. 나가르코트의 맑은 기운이 현몽한 셈이다.

새벽이 되어 창을 열어보니 날씨가 일출을 보기에 애매하다. 비는 오지 않지만 구름이 군데군데 하늘을 덮고 있다. 그러나 나는 숙소 베란다로 나가 일출에 집착하지 않고 눈을 감아본다. 만년설의 기운을 충전하기 위해서다. 불가에서는 해를 대일여래大日如來라고 한다. 마음속에 본래 부처인 대일여래가 이미 자리하고 있는데 눈에 보이는 해에 연연하는 것도 우스운 모습이 아닐까 싶다.

잠시 후에 한줄기 빛이 구름 사이로 뻗치더니 설산이 드러난다. 뾰쪽뾰쪽하게 드러난 히말라야산맥의 봉우리들이 마치 백룡白龍의 비늘

야생 원숭이가 많아 사람들에게 '원숭이 사원'으로 불리는 스와얌부나트.

같다. 빛의 명도에 따라 백룡의 비늘이 꿈틀거리는 듯하다. 순간적인 풍경을 백룡의 눈부신 비늘로 느낀 사람은 일행 중에 나뿐일 것 같다. 어제부터 용을 많이 생각했기 때문인지도 모른다. 백룡을 조우하기 위해 나가르코트를 찾아왔다는 기분이 든다.

느긋하게 아침 산책을 한 뒤, 다음 장소를 결정하기 위해 일행과 구수회의를 한다. 다음 장소는 카트만두 7대 세계문화유산 중 하나인 불교 사원 스와얌부나트Swayambhunath다. 야생 원숭이들이 집단으로 서식하고 있어 일명 '원숭이 사원'이라 불리는 곳이다. 나가르코트가 설산의 전망대라면 스와얌부나트는 카트만두를 한눈에 내려다볼 수 있는 곳이다. 나가르코트를 오를 때는 산길이 비좁은 비포장도로여서 차들이 교행할 때 가슴을 졸이기도 했지만 내려가는 길은 학습 효과인지 한결 여유롭다. 다랑이 논과 밭이 눈에 들어오는데, 논농사는 우리나라와 같이 이모작을 하고 있다. 옥수수와 조는 수확할 때가 되었다. 풀을 뜯는 젖소도 많이 보인다. 인도와 네팔처럼 소를 예우하는 나라도 없을 것이다. 소를 죽이면 네팔의 경우 20년 징역형을 받는다고 하는데 도무지 믿어지지 않는다.

죽기 전에 꼭 봐야 할 세계적인 불교 사원 스와얌부나트

스와얌부나트는 세계 건축 동호인들이 '죽기 전에 꼭 봐야 할 세계 건축 1001'에 선정하여 더 유명해진 불교 사원이다. 이 사원의 역사는 카트만두 전설과 맥락을 같이하고 있다. 과거 칠불시대七佛時代 중 두 번째 부처 때의 카트만두 분지는 커다란 호수였는데 어느 날 호수에 핀 연꽃에 대일여래가 나타났다. 그 후 문수보살이 스와얌부나트에 들러 호수에 사는 악한 뱀을 물리치기 위해 주변 산을 금강검으로 자른바, 호수와 뱀이 사라지고 카트만두 땅은 사람들이 살기 좋은 곳으로 바뀌었다는 전설이다. 지질학자들의 연구에 의하면 카트만두가 3만 년 전에는 실제로 호수였다고 하니 전혀 터무니없는 전설은 아닌 듯하다.

그러나 스와얌부나트는 릿차비 왕조 때인 435년에 만데바왕의 불사로 건립되었다는 것이 정설이다. 이후 인도 승려 산티카라와 얌슈바르만왕이 사원을 증축하였으며, 티베트에 불교를 전파한 파드마 삼바바가 사원을 참배했고, 13세기쯤에는 티베트 불교의 중심이 되어 아주 번성했다고 전해진다. 그러나 1349년에 이슬람을 신봉하는 무굴Mughul제국의 침략으로 사원과 탑이 훼손되는 수난을 겪었고, 1614년 말라 왕조의 프라탑왕에 의해 지금의 모습으로 복원되었다고 한다.

날씨가 청명한 날에는 설산이 보인다는 언덕에 스와얌부나트 흰 탑이 솟아 있다. 카트만두 중심가에서 걸어갈 수 있을 만큼 가깝다. 일행은 하리가 섭외한 버스로 사원 입구까지 다가간다. 매표소를 거치자 385개의 계단이 나타난다. 계단을 다 오르자, 라마승들이 그린 만다라 불화와 유화를 파는 가게들이 눈길을 끈다. 나는 그냥 지나치기가 아쉬워 조그만 유화 한 점을 챙긴다. 내친김에 내가 좋아하는 부엉이 청동 조각품도 두 점 산다. 눈을 부릅뜬 부엉이만 보면 '눈 뜨고 살아야지' 하는 내면의 각성이 느껴져 걸음을 멈추고 마는 것을 보면 내 전생은 수행자와 관련이 깊은지도 모르겠다.

탑은 보드나트 스투파와 같은 모습이다. 진리의 엉덩이 같은 반구 위에 사각 형상이 있고, 그 위에는 열세 개의 계단 형식으로 이뤄진 상륜부가 있다. 그러고 보니 13이란 숫자는 우리와도 친숙하다. 정혜사지 13층

신자들의 소원이 절절하듯 누군가가 켜놓은 기름불이 밤낮으로 타오르고 있다.

스와암부나트의 매력 중 하나는 카트만두 시가지와 설산을 동시에 조망할 수 있다는 것.

카트만두 7대 세계문화유산 중 하나로서 한 송이 연꽃과도 같은 스와얌부나트.

석탑이 있는 것이다. 13이란 법수法數는 『인왕경』에서 말하는 삼현三賢, 십성十聖의 행법行法을 나타내는 십삼관문十三關門인 것도 같다.

과연 카트만두 시가지가 한눈에 든다. 나는 지금 카트만두에서 175미터나 돌출한 언덕에 서 있는 것이다. 산스크리트어로 '스와'는 스스로, '얌부'는 솟아난다는 뜻이라고 하니 스와얌부나트는 지명과 부합하는 사원 이름이다. 전설을 차용하자면 나는 지금 한 송이 연꽃이 솟아오른 바로 그 지점에 와 있는 셈이다. 어쩌면 우리 모두가 맑고 향기로운 한 송이 연꽃인지도 모르겠다.

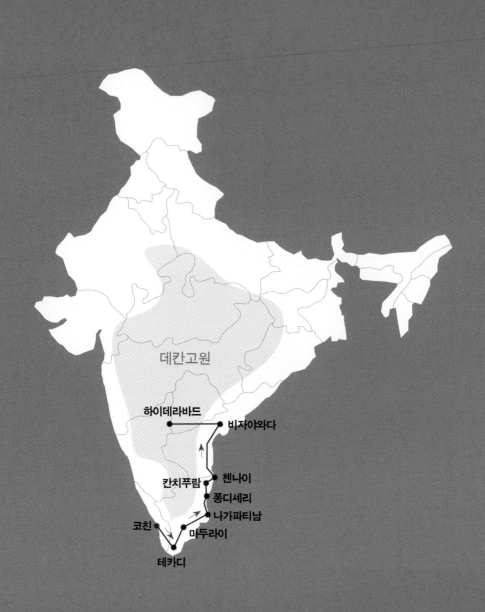

데칸고원

하이데라바드　　비자야와다

칸치푸람　　첸나이

퐁디셰리

나가파티남

코친　　마두라이

테카디

신라 여섯 씨족장과
석탈해가 떠난 땅,

남인도

힌두교 사원에서는 난디가 신처럼 대접을 받는다. 시바 신은 왜 수많은 짐승 중 느린 소를 타고 다닐까?

아소카왕의 혼이 깃든
남인도 케랄라주를 가다

남인도 답사는 나의 오래된 열망이자 서원誓願이었다. 작년 1월과 2월에 동인도 오릿사주를 중심으로 돌았던 답사보다도 기대가 더 컸던 것이다. 15년 전부터 인도를 드나들기 시작하여 마지막으로 남은 답사지가 남인도이기 때문이다.

남인도는 데칸고원 아래의 땅을 통칭하고 그 땅에 사는 원주민은 드라비다족이다. 그들의 검은 피부 때문에 미개인이라는 선입견을 가지는 사람들이 더러 있으나 그것은 인류 역사를 모르는 무지의 소치다. 드라비다인들은 인류 4대 문명 발상지 중 하나인 인더스문명을 일으킨 뛰어난 종족으로서 기원전 10세기쯤 철기 문화를 소유한 아리안들에게 밀려 데칸고원 밑까지 이동했던 것이다.

우리의 남인도 답사는 우선 기원전 3세기 때 활동했던 아소카왕이 남긴 흔적을 찾고 확인하는 데 목적을 두었다. 다 알다시피 부처님이 2500년 전 바라문 귀족들이 공고하게 지배하는 사회에서 외도外道를 무너뜨리는 혁명과도 같이 정법을 드러내셨다면 아소카왕은 부처님 열반

이후 200년 만에 불교를 세계화시킨 전륜성왕이었으니 다른 데로 눈길을 돌릴 수 없었던 것이다.

그런데 현재 남인도에는 불교 유적만 산재할 뿐 그 세勢는 미미하다. 아소카왕 시대부터 기원후 5, 6세기까지의 융성했던 불교문화나 의식은 모두 힌두교에 습합되었거나 희미한 그림자만 남아 있을 뿐이다. 답사 일행은 남인도 지리에 밝은 구광국 거사를 길잡이로 삼았고, 대원사 티베트 박물관장 현장 스님과 곡성 관음사 주지 대요 스님이 법사로 참여했고 두 분의 비구니스님이 일행을 외호했다. 나는 답사를 총기획하는 역할을 맡았으며 다각茶角은 목포대학교 조기정 박사가 자청했고 두 분의 여교장 선생과 사회적으로 저명한 몇몇 분들은 신분을 내려놓고 물 흐르듯 꽃 피듯 동참했다.

아소카왕이 전법사를 보낸 땅, 예수가 제자 토마스를 보낸 땅

남인도에는 안드라프라데시Andhra Pradesh, 카르나타카Karnataka, 타밀나두Tamil Nadu, 케랄라Kerala 등 네 개 주가 있다. 일행은 아라비아해Arabia海를 접한 인도 28개 주 가운데 가장 작은 케랄라주부터 답사하기로 했다. 케랄라 땅 역시 아소카왕이 전법사를 파견하여 불교를 일으킨 곳이기 때문이다. 일행은 케랄라주의 주도州都인 코친Cochin 국제공항에 자정쯤 도착하여 숙소에서 하룻밤을 머문 뒤, 1555년 포르투갈인들이 코친의 왕을 달래기 위해 지은 마탄체리Mattancherry 궁을 찾았다. 우리는 아치형 창문과 붉은 의자에 앉아 비로소 휴식을 취하고 있다.

순식간에 나의 눈길을 끈 것은 17세기에 그린 궁의 벽화가 아니라 궁전 앞에 선 몇 그루의 고목, 아소카 트리다. 나뭇잎이 아소카왕이 지닌 칼과 모양새가 흡사하여 그런 이름이 붙었다. 우리나라 소나무처럼 인도인들에게 사랑을 받는 나무인지 어느 명소에서나 흔하게 볼 수 있는 것이 아소카 트리다.

일행은 강행군하기 전 몸을 풀기라도 하듯 바닷가로 나간다. 바닷가에는 오래된 교회 건물들이 들어서 마치 유럽 어느 해변에 온 느낌이다. 일행은 코친 항구가 포르투갈에 함락되던 1503년 수사들이 세운 '성 프란시스 성당'을 지나칠 수 없어 잠시 들른다. 아프리카 희망봉을 발견했으며 코친에서 생산하는 후추 무역권을 따내 돈을 번 바스코 다 가마의 초상화와 묘비가 보인다. 현장 스님의 설명에 의하면 현재 케랄라주는 기독교 신자가 19퍼센트에 달할 정도로 기독교 문화가 왕성한데, 예수의 열두 제자 중 양치기 출신인 토마스[도마]가 아라비아해를 건너 인도로 와 케랄라 지역에 일곱 개의 성당을 세우고 선교한 영향일 것이라고 한다. 그렇긴 해도 부처님이 힌두교 비슈누 신의 아홉 번째 화신으로 포섭된 것처럼 예수 역시도 언젠가는 범신론을 지향하는 힌두교의 비슈누 화신으로 습합되어 힌두교 사원에 봉안될 날이 올지 모른다.

문화는 물과 같이 흐른다. 높은 데서 낮은 곳으로 흐르는 것이 문화의 특징이다. 나를 흥미롭게 한 풍경은 중국식 고기잡이 모습이다. 고정된 기중기 같은 것에 그물을 달아놓고 고기를 잡는 방법은 중국 광둥성 어촌에서 유래한 것이다. 이는 오래전부터 중국과 남인도 사이의 열린 바닷길로 교역이 활발했다는 증거이기도 하다. 아소카왕이 육로와 바닷길을 통해서 그리스까지 전법사를 보냈고, 기원전 1세기 때는 남인도의 비단이 로마까지 갔다는 증거들이 있으니 남인도는 동서 문화 교류의 허브

남인도 해변에서 「강남스타일」의 말 춤을 추는 드라비다족 청소년들.

였다는 생각이 든다. 중국식으로 고기를 잡는 모습이 관광 상품화된 탓
에 피부가 검은 드라비다족 어부들이 측은해 보이기도 하지만 어쩔 수
없는 일이다. 기중기 그물에 달라붙은 한 팀의 하루 어획량이 2킬로그램
밖에 안 된다고 하니 어부들이 생계를 유지하려면 관광 상품이라도 되어
야 할 형편인 것이다.

남인도 청년들이 추는 말 춤에 한국인의 저력을 느끼다

해변에서는 젊은이들이 우리 일행을 보자마자 갑자기 두 손목을 X자

기중기 원리를 이용한 중국식 대형 그물로 고기를 잡는 어부들.

석양이 까르마이 꾸담 사원터를 붉게 물들이고 있다.

로 교차하더니 우리 대중가요 「강남스타일」의 말 춤을 춘다. 흥을 돋는 말 춤 역시도 문화 이동의 방증이다. 예전에는 문화 이동이 육로나 해로를 통해 퇴적물 쌓이듯 오랜 시간을 두고 이루어졌다면 이제는 전파를 타고 즉각적으로 오간다는 차이가 있다. 남인도 드라비다족 청소년들에게 '강남스타일'의 말 춤이 언제까지 유행으로 이어질지는 모르지만 우리의 청년 대중문화를 미국이나 유럽이 아닌 남인도 케랄라주 해변에서 확인할 수 있다는 것도 자못 유쾌한 일이다.

일행은 다시 알라라 뿌자 힌두교 사원으로 가본다. 오래된 힌두교 사원이 고대에는 하나같이 불교 사원이었다고 하기 때문이다. 종교란 삶의 지혜를 주는 것이어야 함에도 불구하고 힌두교 의식은 상식적으로 이해하기 힘든 게 하나둘이 아니다. 사원 안쪽에 저울이 하나 있는데 부자는 힌두교 신에게 자신의 몸무게만큼 금은보화를 보시해야 하고 갓난아이는 자신의 몸무게만큼 과일을 보시해야 한다. 이 정도면 이성을 마비시키는 것이 종교가 아닐까 싶다. 더구나 저울 뒤편으로 인공 연못이 있는데 목욕을 하면 멸죄가 된다고 하여 한 사내가 몸을 씻고 있는 게 보인다. 부처님께서 일찍이 2500년 전에 멸죄를 위해 아침저녁으로 목욕하는 바라문 산가라바에게 부질없는 짓이라고 충고한 바 있는데, 그 전통이 지금도 이어지고 있다는 사실이 놀랍기만 하다.

다만 상의를 탈의한 몇몇 힌두교 사두들에게는 존경의 염이 솟구친다. 하의는 검은 도티(남자용 치마)를 입고 있는데, 그 이유인즉슨 탐욕을 경계하기 위해서란다. 그러니까 검은 도티를 입고 있는 기간에는 금욕 생활을 한다는 것이다. 달마대사達磨大師처럼 머리가 훌렁 벗겨지고 통통한 매부리코에다 구레나룻이 얼굴을 감싼 한 힌두교 사두는 3년째 금욕

아소카왕의 전법사가 활동했던 까르마이 꾸탐 사원터을 지키는 반쪽 부처님.

생활을 하고 있다는데 우리나라 수행자와 비교해도 조금도 뒤질 것이 없는 듯하다.

일행이 아소카왕의 전법사가 활동했다는 까르마이 꾸탐 사원터에 도착하니 석양이 야자수 너머로 지고 있다. 남인도에 파견된 전법사의 이름은 라키타^{Rakkhita}. 전법사는 법사 신분이면서도 왕을 대신하는 고위 외교관이었던 것 같다. 전법사가 머무는 사원은 불법을 펴는 도량이자 치외법권 지역이었을 터이다.

까르마이 꾸탐 사원터에는 상반신 한쪽이 훼손된 좌불^{坐佛}이 봉안되어 있다. 이교도의 훼불^{毁佛}인지 자연적인 파손인지는 모르겠으나 인상적이다. 일행은 석양을 등지고 참배한다. 일행뿐만 아니라 남인도 여인들도 합장하며 고개를 숙인다. 부처님이 반쪽 몸임에도 불구하고 케랄라 사람들에게 불심의 불을 지펴주고 있다. 아소카왕 명령으로 파견된 전법사의 혼이 반쪽 부처님 주위를 맴돌고 있는 듯하다. 일행도 좌불 주위를 탑돌이 한다. 언젠가는 부처님 법신이 온전하게 복원되는 날이 올 것이고, 그때는 케랄라 땅에 불법이 홍기하리라.

영국인이 개발한 남인도 최대의
무나르 차밭을 가다

아소카왕은 아버지 빈두사라왕이 정복하지 못했던 동인도 칼링가 왕국을 무력으로 굴복시킴으로써 인도를 통일한다. 마우리아 왕국의 군사력은 막강하여 대적할 나라가 없었고 코끼리 부대의 위용은 지축을 흔들었다. 그런데 엄밀한 의미에서 인도 전역의 통일은 아니었다. 데칸고원 밑의 남인도 정복은 포기했기 때문이다.

무슨 이유로 아소카왕은 국력이 미약했던 남인도의 세 왕조를 정복하지 않았을까? 당시 남인도에는 코친을 수도로 하는 체라 왕국과 마두라이를 수도로 하는 판디아 왕국, 탄조르를 수도로 하는 촐라 왕국이 있었던 것이다. 고다바리강과 크리슈나강을 건너면 바로 남인도인데 아소카왕은 정복을 멈추었다. 아소카왕의 마음에 중대한 변화가 해일처럼 소용돌이친 까닭이었다. 칼링가 전쟁에서 수십만 명의 사상자를 목격한 아소카왕은 칼을 버리면서 부처님 법으로 세상을 다스릴 것을 맹세했던 것이다.

아소카왕은 정복을 포기하는 대신 남인도에 전법사 라키타를 보

힌두교 신에게 바치는 꽃목걸이를 밤새 만들어 새벽 일찍 나와서 파는 남인도 남자.

영국이 남인도를 식민 지배하면서 자국민을 위해 해발 2000미터 산자락에 개발한 남인도 최대의 무나르 차밭.

남인도 역사의 상처를 보는 것 같아 남인도 사람들의 슬픔이 차밭의 찻잎처럼 초록 빛깔로 스며온다.

못생긴 소형차 오토릭샤가 무나르 차밭이 조성되면서 생긴 도시형 마을의 잠든 새벽을 깨운다.

찻잎을 따는 시기가 되면 무나르 마을은 새벽부터 남녀노소가 차밭으로 나간다.

냈다. 라키타는 한 왕국에 머무르지 않고 남인도의 세 왕국을 넘나들었다. 다행히 세 왕국의 왕들은 전법사 활동을 보장했고 사원 건립을 허락했다. 불교 융성의 기반을 보장해주었던 것이다. 아소카왕은 부처님 법이 남인도에 전파되는 것으로 만족했다. 굳이 남인도 땅을 정복할 욕구를 느끼지 못했다.

남인도 최대의 무나르 차밭, 영국인들이 자국을 위해 개발

일행은 까르마이 꾸탐 사원터 가까운 숙소에서 1박을 했다. 반쪽 부처님을 참배한 아쉬움은 절로 수그러들었다. 일행은 아침 일찍 무나르Munnar 차밭으로 향했다. 무나르의 '무'는 3이라는 숫자, '나르'는 강의 발원지라는 뜻이라고 길잡이가 설명한다. 그러니까 무나르는 세 개의 강이 발원하는 고산준령인 것이다. 일행을 태운 버스는 산길로 들어서자 속도를 내지 못하고 서행한다. 고도는 낮은 곳에서 높은 곳으로, 방향은 인도 남부 서쪽에서 동쪽으로 이동하고 있는 셈인데, 벌써 멀미를 하는 사람이 속출한다.

해발 2000미터의 산자락 전체가 초록빛 융단을 깔아놓은 듯 장관이다. 그러나 아름다운 차밭 풍경 너머에는 남인도 사람들의 슬픈 식민지 역사가 차나무처럼 깊이 뿌리박고 있다. 영국이 자국의 홍차 수요를 위해 1880년부터 무나르에 차나무를 재배하기 시작한바 차와 노동력을 무자비하게 착취했던 것이다. 무나르의 차나무 수명은 40년이라고 한다. 40년이 넘으면 뽑아내고 다시 어린 묘목을 심는다고 하는데, 과연 한쪽 산자락에서는 어린 차나무들이 푸른 천을 펼쳐놓은 것처럼 자라고 있다.

미리 챙겨온 점심 도시락을 무나르 산중의 휴게소에서 먹고 나서도 서너 시간을 더 달렸지만 아직도 차밭이 굽이굽이 전개되고 있다. 차나무 세상의 별천지에 온 것 같다. 버스에서 잠시 내려 장시간 이동에서 오는 피로를 풀며 휴식을 취해본다. 때마침 찻잎이 막 피어나고 있다. 1월 초순인데 이곳은 우리나라 절기로 치자면 곡우 안팎 같다.

찻잎을 따는 노동자들이 차밭에 일렬횡대로 줄지어 수동식 기계로 가위질을 하고 있다. 가위질할 때마다 사각사각하는 소리가 차밭 골짜기를 울린다. 노동자의 일당은 8000원에서 9000원인데, 채취량으로 지불할 때는 1킬로그램당 20루피(약 400원)를 준다고 하니 값싼 노동력이라고 하지 않을 수 없다. 그러나 일이 없어 노는 사람은 드문 것 같다. 차 따기는 15일만 쉬면 찻잎이 다시 올라와 1년 내내 지속할 수 있단다. 차밭의 관리인으로 보이는 사내가 우리 일행을 물끄러미 지켜본다. 나는 인도 사내를 본 순간 또다시 달마대사를 떠올리고 만다. 달마대사를 닮은 사람과 벌써 몇 번이나 마주쳤는지 모르겠다.

그러고 보니 선가禪家에서의 차는 달마대사로부터 시작한다. 달마가 졸음을 참느라고 눈썹을 뽑아 동굴 밖으로 던졌는데 다음 날 아침에 보니 그 눈썹이 차나무가 됐더라는 설화가 그것이다. 달마의 제자인 혜가 역시 그 차나무 잎을 달여 마심으로 해서 졸음을 극복했다고 한다. 찻잎에 정신을 맑게 하는 각성覺醒 성분이 있으니 면벽 좌선의 수행자인 달마와 혜가가 차를 마셨다는 것이 전혀 생뚱맞은 얘기는 아닐 터이다.

이윽고 일행은 해발 1370미터에 위치한, 차를 만드는 공장인 크리슈나 회사를 견학하기 위해 하차한다. 1만 1천 명의 노동자를 고용하고

달마대사를 닮은 남인도인들.

있는 크리슈나 회사에서는 연간 2천 4백만 톤의 차를 생산하고 있다고 한다. 회사 한 곳의 차 생산량이 우리나라 여러 지역의 총생산량과 비슷하다. 홍차에 우유와 설탕을 넣은 달달한 '짜이'를 대접받고 나니 홀연히 피로가 사라진다. 일행 중에는 회사 구내 상점에서 선물로 가져갈 차를 사는 사람도 있다. 나는 크리슈나 회사 정원에 자라고 있는 차나무의 차씨 몇 개를 채취하여 선물로 삼는다. 국내로 돌아가 이불재 뜨락에 심어 볼 참인 것이다.

관세음보살이 상주하는 남인도 해안의 포탈라카산

일행을 태운 버스는 다시 마두라이Madurai 쪽으로 가는 산길을 달린다. 차밭은 줄어들었지만 대신 산자락에 보라색과 흰색의 야생화가 눈에 띄게 많아진다. 쿠른지꽃과 종꽃이다. 이곳 역시 아직은 무나르 지역이다.

마침내 일행은 인구 1만 명 정도의 마을로 들어선다. 하룻밤 묵기 위해서다. 협곡에 자리한 도시형 마을인데 한쪽 언덕에는 이슬람교도, 다른 쪽 언덕은 힌두교도와 기독교도가 살고 있다. 우리 일행이 머물게 될 숙소는 중간 지점에 있다. 숙소 지척에 운 좋게도 카타칼리Kathakali 공연장이 눈에 띈다. 케랄라 지역에서 10세기경에 발생한 카타칼리는 중국의 경극, 일본의 가부키와 함께 동양의 3대 무언극으로 알려져 있는데 인도의 5대 전통 연극 중 하나다. 중국의 경극과 어떤 영향을 주고받았는지는 모르겠지만, 우리로 치면 처용무와 그 성격이 비슷하지 않나 싶다.

케랄라 지역의 전통 무언극 카타칼리 배우가 분장하는 모습.

공연장에 들어가니 석유 냄새가 코를 찌른다. 자세히 보니 케랄라 지역에서 전해지고 있는 '칼라리 파야트Kalari payat'라는 전통 무술도 함께 공연하는 듯하다. 칼라리 파야트의 마지막 단계는 둥근 원에 석유를 묻혀 불을 붙인 뒤 화염 속을 오가는 무술이다. 그러나 일행은 시간이 없어 칼라리 파야트는 다음 기회로 미루고 무언극만 보는 것으로 만족하고 만다. 전통극의 특징은 어디나 흡사한 듯싶다. 우리 처용무도 처용의 가면을 쓰고 춤을 추어 역신을 쫓는다는 내용이고, 카타칼리도 악마가 남자를 유혹하지만 남자는 악마의 유혹을 물리친다는 내용이다. 춤을 매개로 하고 있다는 점이 유사하다.

다음 날도 일행은 아침 일찍부터 서두른다. 마두라이로 가려면 웨스트가트 오브 인디아산맥을 넘어야 하는 것이다. 버스는 차밭에 펼쳐진 안개를 헤치고 달린다. 또 몇 시간이나 달려야 점심 먹을 자리라도 찾을지 모르겠다. 큰 산맥을 하나 넘자, 완만한 구릉지대가 나타난다. 현장의 『대당서역기』를 보니 이 지역을 말라이코타국[抹羅炬咤國]이라고 부르고 있다. 말라이malai는 타밀어로 구릉, 코타kotta는 지방이라는 뜻이다. 부처님이 여기까지 왔다는 기록도 보인다.

성의 동쪽 멀지 않은 곳에 낡은 가람[절]이 있다. 뜰이나 건물은 황폐했으나 기초는 아직도 남아 있다. 아소카왕의 아우인 대제大帝가 세운 것이다. 그 동쪽에 스투파가 있다. 기단은 이미 붕괴되었으나 복발은 아직 남아 있다. 아소카왕이 세운 것이다. 그 옛날 여래가 이곳에서 설법하는 가운데 대신통력을 나타내어 무수한 사람들을 제도했다.

또 관자재보살의 상주처인 포탈라카산을 설명하고 있으며 남쪽으로 가면 스리랑카Sri Lanka로 가는 포구가 있었다고도 기록하고 있다.

말아야산 동쪽에 포탈라카산이 있다. (중략) 관자재보살이 왕래하며 머무르는 곳이다. 보살을 보고자 하는 사람은 신명을 돌보지 않고 강을 건너 산을 오른다. (중략) 관자재보살은 때로는 자재천으로 모습으로, 외도의 모습으로 나타나 기원하는 사람을 위로하고 소원을 성취시켜준다. 이 산에서 동북쪽으로 가면 해안에 성이 있다. 남해의 싱갈라

무나르 차밭에서 만난 젊은 엄마와 아들. 정말로 신은 어디에나 있을 수 없기에 어머니를 만들었을까?

국으로 가는 통로이다.

일행은 다행히 조그만 마을로 찾아들어 점심 먹을 곳을 잡는다. 대숲이 우거진 곳의 식당인데 원숭이들이 달려와 끽끽 소리치며 일행을 환영한다. 이 작은 도시도 관광지인 듯 외국인들이 간간이 보인다.

남인도 불교는 왜 힌두교에게
자리를 내주었을까

우리가 잠시 머문 도시의 이름은 코친에서 190킬로미터 떨어진 테카디 Thekkady다. 기념품 가게가 유난히 눈에 많이 띈다. 관광지임이 분명하고, 길잡이의 이야기로는 향신료가 유명한 곳이다. 특히 카더몬이나 계피처럼 향신료가 되는 식물을 재배하는 농원이 많은데 후추는 후추나무 덩굴에서 만들어진다고 설명한다. 케랄라주에서도 후추의 주요 생산지는 테카디인 모양이다. 테카디가 자랑하는 또 하나는 남인도 10여 개의 야생동물 서식지 가운데 가장 규모가 큰 페리야르 야생동물 보호구역 Periyar Wildlife Sanctuary이란다. 유람선을 타고 호숫가에서 뛰노는 야생동물을 구경할 수 있다고 하는데, 일행은 관광 목적으로 온 것이 아니기 때문에 향신료 농원이나 페리야르 입장은 아예 다음 기회로 미루고 만다.

소림 무술을 연상시키는 남인도 전통 무술 칼라리 파야트

우리는 케랄라주 전통 무술인 칼라리 파야트를 공연하는 건물을 발

중국 소림사 소림 무술에 영향을 준 남인도 전통 무술 칼라리 파야트.

견하고는 마두라이에 도착하는 시간이 좀 늦더라도 일행 모두가 관람하자고 의견 일치를 본다. 어제저녁에 케랄라주 전통 무언극인 카타칼리만 보고 말았던 아쉬움이 남아 있었던 것이다. 더구나 텔레비전을 통해 중국 소림사 방장스님의 인터뷰를 보았다는 현장 스님의 한마디가 호기심을 더 자극한다.

"소림사 방장스님의 얘깁니다. 과거 인도와 중국 간에 문화 교류가 빈번했다고 합니다. 달마대사가 인도에서 건강을 지키는 무술을 가지고 들어왔던바 그것을 발전시킨 것이 소림 무술이라는 설이 있답니다."

일행은 ㅁ자 형태의 공연장 안으로 들어가 자리를 잡고 앉는다. 관람객만 차면 아무 때라도 공연을 하는지 잠시 후 7년 이상 수련했다는 여섯 명의 무술 고수가 등장한다. 공연장 출입구 맞은편 벽면에는 칼(단검과 장검)과 둥그런 방패, 철봉과 장대 등이 세워지거나 놓여 있다. 고수들이 하나씩 들고 무술 대련을 보여줄 모양이다.

무술의 기본 동작은 사자, 호랑이, 코끼리, 거북이, 뱀 등의 동작을 흉내 낸 것이라는데 실제로 보니 중국의 소림 무술과 너무나 흡사하다. 다만 내가 보기에 칼라리 파야트는 집단체조 같은 소림 무술보다 동작들이 덜 세련되어 보이지만 격렬함에 있어서는 훨씬 더한 것 같다. 칼과 칼이 부딪칠 때는 번쩍번쩍 불꽃이 일고 칼이 부러져 나뒹굴 때는 간담이 서늘해진다.

젊은 시절 왕자였던 달마대사가 칼라리 파야트를 중국으로 가지고 들어갔는지는 불분명한 듯싶다. 그렇다고 아니라고 단정하기도 애매하다. 왕자가 받는 수업에는 반드시 무예도 포함되어 있었을 것이고, 무엇보다 테카디에서 달마대사의 고향인 칸치푸람까지는 왕래가 어려울 정도로 먼 거리가 아니므로 케랄라주와 칸치푸람의 전통 무술은 대동소이했을 것이기 때문이다.

남인도의 민낯 마두라이로 가는 길

일행은 기원전 판디아 왕국의 수도였던 마두라이로 가기 위해 버스에 오른다. 이제야 남인도의 민낯을 보게 될 터이다. 사실 케랄라주는 유럽풍의 오래된 왕궁과 성당, 인도의 베니스라 불리는 수로 도시 알라피 등 이색적인 풍물을 지닌 땅이었던 것이다. 기독교 인구가 19퍼센트쯤

스리미낙시 사원을 참배하고자 남인도 각지에서 몰려드는 힌두교 젊은 신자들.

되는 지역으로 거리 곳곳에 교회 건물이나 십자가로 표시한 묘지들을 많이 볼 수 있고, 문맹률이 0퍼센트에 가까우며 주 정부는 진보적인 공산당이 좌지우지하고 있다는 사실이 특이했다.

인구 300만 명의 마두라이는 타밀나두주 제2의 도시이며 강가강이 있는 바라나시처럼 힌두교 사두와 신자들이 끊임없이 순례하는 힌두교 성지다. 그러니까 일행은 케랄라주를 떠남으로써 비로소 남인도의 제 모습을 보게 되는 셈이다.

날이 어둑해질 무렵에야 버스가 타밀나두주 경계에서 멈춘다. 통행세를 내야 하기 때문이다. 2만 3천 루피(약 46만 원)니까 적은 금액이 아니다. 그러나 일행은 더 큰 문제에 봉착한다. 서류 발급 책임자가 상喪을 당해서 지금 급히 장례식장에 가 있다는 것이다. 그가 오기보다는 우리 일행이 그곳으로 가는 게 시간을 단축하는 방법이란다. 그가 있는 장례식장을 찾아가느라고 할 수 없이 한 시간 이상을 낭비하고 만다. 우리 상식으로는 불가능한 일이지만 인도에서는 전혀 이상할 것이 없는 '노 프로브렘no problem'이다.

결국 예정 시간보다 늦게 도착한 일행은 판디아 호텔에서 고단한 몸을 누인다. 창밖은 흑단 같은 밤이다. 아소카왕이 정복하지 않은 판디아 왕국의 수도 마두라이에서 하룻밤 묵게 된 것이다. 현장법사도 7세기 중엽에 이곳 마두라이를 순례했다는 기록이 보인다. 웨스트가트산맥 때문에 인도 남서쪽 케랄라로 넘어가지 못하고 말라이코타국까지만 내려왔다가 중인도로 돌아갔던 것 같다. 『대당서역기』는 첫 부분을 다음과 같이 기록하고 있다.

말라이코타국은 주위 5000여 리다. 나라의 대도성[마두라이]은 주위 40여 리다. 토지는 척박하고 산물은 풍부하지 않지만 해산海産의 진귀한 보물들이 이 나라에 많이 모여든다. 기후는 덥고 피부는 누렇고 검은 사람들이 많다. 성격은 격렬하며 사교와 정법을 모두 믿고 있다. 학예를 존중하지는 않으나 기르려고 노력하고 있다. 가람의 흔적이나 절터는 아주 많으나 지금 남아 있는 것은 적고 승려도 또한 적다. 힌두교 사원은 수백 개이고 외도들이 많다. 특히 노형露形[나체수행자]이 많다.

가람의 흔적이나 폐사지廢寺址가 아주 많다고 기록한 것을 보면 마두라이도 판디아 왕조 때는 불교가 아주 번성했다는 사실을 알 수 있다. 부처님이 말라이코타국을 왔다는 사실이나 아소카왕이 스투파를 세우고 전법사를 파견했다는 기록으로 보아 충분히 짐작할 수 있는 남인도 불교 역사다. 그런데 왜 남인도 불교는 5세기 이후부터 차츰차츰 힌두교에게 자리를 내주고 만 것일까? 경제적인 논리를 내세우는 학자도 있다. 불교를 외호해왔던 상업 세력의 몰락이 그 배경이라는 것이다. 또 불교 사상이 지나치게 철학적이고 사변적으로 발전하여 대중의 삶과 괴리된 것이 그 원인이라고 주장하는 학자도 있다. 실제로 소승과 대승에 이어 나온 금강승[밀교]은 불교와 삶의 일치를 내세우며 태동했다. 모두 일리가 있는 지적이다. 그러나 더 근본적인 이유는 방만해진 승가와 흐트러진 계율 정신, 그러니까 불교 내부의 문제가 아니었을까 싶다.

팔라바 왕국의 셋째 왕자였던 달마가 양무제梁武帝의 초청을 받고 중국으로 건너가 양무제에게 경고한 내용도 바로 그것이었다. 고국의 불교 행태가 중국에서도 그대로 이어지고 있었으므로 개탄하지 않을 수 없었

인도 여인들이 부와 행운의 여신인 락슈미 신을 초대하기 위해 문 앞에 그린 아름다운 문양의 만다라.

던바, 양무제가 불교를 외호한 자신의 공덕을 묻자 '무공덕無功德'이라며 비불교적인 것을 불교적인 것으로 착각하지 말라고 일갈했다. 수많은 절을 짓고 불경을 번역하고 수행자들에게 만발공양을 올리는 것보다 부처님이 제시한 정법을 깨닫는 것이 바로 불교의 본질이라고 사자후를 토했던 것이다.

스리미낙시 사원에서 발견한 가야의 쌍어문

다음 날 일행은 숙소에서 여유를 부리며 마두라이 거리로 나선다. 7세기에 조성되기 시작하여 계속 증축해온 스리미낙시Shree Meenakshi 사원을 보기 위해서다. 물론, 스리미낙시 사원에도 불교의 흔적이 남아 있을 것이다. 남인도의 고대 힌두교 사원들 대부분이 불교를 바탕으로 해서 조성되었기 때문이다. 날짜를 확인해보니 1월 12일 토요일이다. 힌두교 축제 기간인지 도로변 상점이나 주택 문 앞에 여러 색의 안료를 이용한 문양이 그려져 있다. 부와 행운을 상징하는 락슈미 신이 문 앞에 그린 만다라를 보고 들어온다는데 이 그림은 여자만 그린다고 한다. 이 그림을 알포나Alpona라고 하는데, 쌀가루와 안료, 물을 섞어 손가락으로 그리며 각 가정에서 어머니가 딸에게 계승한다고 하니 인도 여인들의 색감과 그림 솜씨에 놀라지 않을 수 없다.

길을 걷던 일행은 마니얌마이Manniyammai 초등학교 앞에서 걸음을 멈춘다. 문 앞에 그려진 알포나 문양이 크고 정교하기 때문이다. 마침 초등학교 건물 안에서는 어린 학생들이 축제 기간 동안 전시회를 하고 있다. 교장 선생이 학교를 방문한 기념으로 일행 중 몇 사람에게 숄을 선물

스리미낙시 사원에도 미스터리하게 우리나라 가야국의 문양인 쌍어문이 있다.

한다. 시장 골목을 지나자 바로 3억 3천의 신이 조각된 고푸람^{Gopuram[힌} 두교탑]이 사방과 중심에 다섯 개나 우뚝 서 있다. 주차장에는 검은 천으로 된 도티를 걸친 순례자들이 북적거린다. 채식과 금욕 생활을 하는 그들을 '아야파'라고 부르는데 48일 동안의 축제 기간에 2천만 명이나 스리미낙시 사원을 다녀간다고 한다. 신앙에 대한 열정이 대단하다. 그들의 열정을 벤치마킹하고 싶을 정도로 부럽기도 하다.

이윽고 시바 신을 숭배하는 사원 안으로 들어간다. 입구에 시바 신의 자가용 격인 난디[소]가 시바 신을 응시하고 있다. 순례자 모두가 난디에게도 지극하게 합장한다. 인도 사회에서 소가 대접받는 이유에 대한 의문이 저절로 해소되는 순간이다. 그런데 내 눈길은 관세음보살로 추정되는 조각과 사원 천장에 그려진 두 마리 고기가 마주보고 있는 쌍어문^{雙魚} ^紋에 머문다. 쌍어문은 우리나라 가야의 문양이 아닌가! 그렇다면 허황후가 인도를 떠날 때 쌍어문을 가지고 온 것은 아닐까?

남인도에서 석탈해와
신라 6촌장을 만나다

마두라이를 떠난 일행은 벨란카니Velankanni에 도착하여 숙소에 든다. 네온사인으로 빛나는 호텔 이름도 벨란카니Vailankanni다. 지도를 보니 남인도에서 유일하게 10세기 초반까지 불교가 융성했던 나가파티남 Nagapattinam으로부터 남쪽으로 8킬로미터 지점이다. 첸나이 박물관에 소장된 불교 유물 가운데 빼어난 불상들은 대부분 나가파티남에서 발굴 된 보물들인 것이다. 현재 나가파티남은 우리나라 소읍 정도이고, 벨란 카니는 그보다 더 작아 인구 5000명이 조금 넘는다고 한다.

벨란카니에는 석탈해의 후손들이 산다

나는 저녁 식사를 하다가 일어서고 만다. 호텔 지배인에게 부탁한 사람이 왔다고 전갈이 온 것이다. 로비로 나가니 과연 피부는 검고 머 리카락이 허연 타밀족 노인이 의자에 앉아 있다. 나는 마두라이를 떠나기 전에 혹시 벨란카니 타밀인 중에서 석갈린감Sokalingam 씨, 줄여서 석Sok 혹은 석가Soka 씨가 있느냐고 탐문했던 것이다. 65세인 노인은 수전증이 있는지 손을 떨면서 'Chokkappa'라고 자기 이름을 쓴다. 내가 찾는 사람은 석Sok 씨였기 때문에 실망하여 다시 묻자 노인은 한때 영어로 'Sokapa'라고도 썼다고 말한다. 벨란카니라는 호텔 이름만 봐도 지도에 나오는 영어식 명칭과 실제 명칭이 차이가 난다. '타밀어 영어표기법'이 아직 규정대로 정착되지 못한 듯하다. 그러고 보니 벨란카니는 일찍 서구 문물을 받아들여 개명한 도시가 아니라 문맹률이 높은 해변의 작은 마을이다. 호텔 지배인을 통해서 노인과 대화를 나누는 동안 나는 벨란카니 지역에 조상 대대로 터를 지켜온 석 씨의 집단 거주지가 있다는 것을 알고 놀랐다. 그리고 그의 고대 조상들 얘기를 듣고는 더욱 흥미로웠다. 고대 조상들은 금은을 주조하고 세공해서 무역을 했다고 한다.

'아! 이곳이 신라 제4대 왕 석탈해昔脫解의 고향일 수도 있겠구나.'

내가 나가파티남과 벨란카니를 답사하자고 주장한 이유는 두 가지였다. 하나는 신라를 건국한 박혁거세 및 신라 6촌장들과 관련이 있다는 매우 의미 있는 기사를 보았던 까닭이었고, 또 하나는 석탈해가 살았던 나라라고 추정하는 기사를 보았기 때문이었다. 기사를 쓴 김정남 씨는 경향신문 캐나다 특파원이며 그곳에서 타밀학회 회장으로 활동하는 분이다.

석탈해는 자신이 "숯과 숯돌을 사용하는 대장장이 집안"이라고 밝혔는데 석탈해의 성姓인 '석'은 당시 타밀어로 '대장장이'를 뜻하는 '석갈린감'의 줄인 말로 성과 집안 직업이 그대로 일치한다. '석갈린감',

175

'석', '석가'등은 영어의 'Blacksmith', 'Goldsmith'나 'Smith'처럼 대
장장이 집안의 이름으로 통용됐으며 지금도 타밀인의 남자 이름에 남
아 있다. 또 '탈해Talhe'는 타밀어로 '머리, 우두머리, 꼭대기'를 의미
하는 '탈에Tale'나 '탈아이Talai'와 거의 일치한다. 따라서 '석탈해'라는
이름은 타밀어로 '대장장이 우두머리'를 가리켜 그가 바다 건너 한반
도에 함께 들어온 대장장이의 지도자임을 이름에서 암시하고 있다.

－「주간 경향」, 2006년 8월 11일, '신라 제4대 왕 석탈해는 인도인' 기사 중에서

김 특파원이 캐나다 토론토대학교 남아시아연구센터 소장인 셀바카
나간따캄 교수와 토론토 타밀인협회 산무감 코한 사무총장 등을 만나 취
재하고 도서관 자료들을 추적한 결과라고 한다.

나는 침대에 누워서도 잠을 이루지 못하고 만다. 신라 역사의 비밀 속
으로 들어가 암호를 해독하는 재미에 빠져버린 것이다. 현지의 지명이
제시하는 암호는 감자처럼 하나의 줄기를 잡아당기면 여러 개의 덩이들
이 나오곤 했다.

남인도에는 왜 박혁거세와 신라 6촌장들의 이름이 있을까

벨란카니의 옛 지명은 부르구네Purugunai다. 현지에서는 '에'를 우리
와 달리 'ai'로 표기하기도 하기 때문에 '부르구네'라고 해보니 엄청난 암
호 하나가 풀린다. 일연의 『삼국유사』를 보면 혁거세가 둥근 박을 깨고
나왔다고 해서 '박朴'이라는 성을 갖게 되었으며, 이름은 '혁거세赫居世'
또는 '불구내弗矩內'라고 했다는 기록이 나온다. '불구내'는 붉은 해라는

신라 6촌장과 석탈해가 살았던 것으로 추정되는 어촌 벨란카니.

뜻이다. 이것을 한자식으로 옮겨 적은 것이 또 '혁거세'다. 그런데 남인
도의 부르구네와 불구내가 같지 아니한가. 누가 불구내라고 이름을 붙여
주었을까? 두말할 것 없이 박혁거세를 왕으로 추대한 신라 6촌장들일 것
이다. 그렇다면 신라 6촌장들은 어떻게 남인도 타밀나두주의 부르구네
를 알았을까, 혹시 6촌장들은 타밀인이 아니었을까, 부르구네는 그들의
고향이 아니었을까? 김 특파원의 기사를 보면 박혁거세에 대한 언어적
해석은 나와 의견이 조금 다르지만 신라 6촌장이 타밀인이었을 거라고
추정하는 점은 똑같다.

당시 타밀어에서 '자력이 아니라 타인의 도움으로 왕위에 오른 운 좋은 왕' 또는 '행운을 가져다주는 왕'을 지칭하여 '박히야거세 Pakkiyakose' 또는 '박히야거사이Pakkiyakosai'라고 불렀는데 이를 우리 말로 표현한 것이 바로 '박혁거세'이다. 6촌장들이 이를 한자로 표기 하면서 "박처럼 둥근 알에서 태어났다"하여 성은 '박', "세상을 밝게 한다"하여 이름은 '혁거세'라는 한자어 작명을 한 것이다. 인도가 원 산지인 '박'은 당시 타밀어와 우리말이 아주 똑같으며 현재 타밀어로 는 수라이카이Suraikai라고 불리고 있다.

또 박혁거세에게 붙인 '왕'의 명칭 거서간居西干도 당시 타밀어 '거사간 kosagan'과 그 발음과 뜻이 완전히 일치한다. 아울러 6촌장들의 이름 또한 당시 타밀인들의 이름과 유사하다. 박혁거세 알을 처음으로 발견 한 돌산 고허촌의 소벌도리는 타밀어로 '훌륭한 지도자[Good Leader]' 를 뜻하는 소벌두라이Sobolthurai와 거의 같다. 알천 양산촌의 알평은 아리야판Aryappan과, 자산 진지촌의 지백호는 치빠이코Chippaiko와, 무 산 대수촌의 구례마는 구레마Kurema와, 금산 가리촌의 지타는 치타 Cheetha와, 명활산 고야촌의 호진은 호친Hochin과 각각 일치한다.

-「주간 경향」, 2007년 1월 23일, '박혁거세는 인도인이 키웠다?' 기사 중에서

그런데 신라 제3대 유리왕은 기원후 32년에 6촌을 6부로 정비하고 각 부에 성을 내림으로써 6촌의 촌장들은 각 성의 시조가 된다. 소벌도리 는 최 씨, 알평은 경주 이 씨, 구례마는 손 씨, 지백호는 정 씨, 지타는 배 씨, 호진은 설 씨의 조상이 된 것이다.

벨란카니에서 박혁거세를 떠올리게 했던 붉은 해.

나가파티남은 법의 바다로 가는 길목

나는 하룻밤을 자는 둥 마는 둥 하고 벨란카니의 기운에 놀라 옷을 입는다. 수탉의 벼슬 같은 칸나꽃이 화단에 가득한 숙소는 동향이다. 야자수 숲 위로 막 떠오르는 붉은 해가 보이는 것이 아닌가! 지금까지 마주쳤던 그런 붉은 해가 아니다. 신라를 건국한 박혁거세의 붉은 해라고나 할까, 신라 6촌장의 꿈이 서린 비원의 붉은 해다. 잠시 후 나는 일행과 함께 해가 뜬 벨란카니 바닷가에 나가기로 하고 짐을 꾸린다. 신라 6촌장의 흔적을 답사하고 싶은 것이다. 그러나 일행은 숙소를 나서자마자 바닷가 초입부터 들어선 교회들에 압도되어 숨이 막힌다. 알고 보니 벨란카니는

타밀인들이 신천지를 찾아 바다로 나갔다는 나가파티남의 코베리강.

촐라 왕국 때 불교가 번성한 나가파티남에서 발굴된 10세기 불상.

인도 가톨릭 2대 성지 중 한 곳이다. 벨란카니는 마리아가 지금까지 세 번 출현하여 기적을 보인 성지라고 하며, 1962년에는 교황 요한 22세가 벨란카니 교회에 바실리카 조각상을 기증했다고 한다. 가톨릭 신자들이 바닷가 초입부터 인산인해를 이루고 있다. 일행은 순례자들에게 밀려 바닷가로 나갔다가 겨우 한적한 포구를 찾아 신라 6촌장을 떠올리며 기념 사진을 찍는 것으로 만족하고 만다.

다음의 행선지는 나가파티남, 현지에서는 나가파탐이라고 부른다. 알고 보니 벨란카니는 행정구역상 나가파티남에 속해 있다. 나가파티남 은 고대부터 도시국가가 흥망성쇠했고 벨란카니는 그 하부 세력이 사는 촌이었던 것 같다. 코베리강 삼각주에 자리한 나가파티남은 촐라 왕국 시절에 강력한 도시국가였다고 한다. 촐라 왕국의 군선과 상선은 코베리 강이 벵골만 바다와 만나는 지점에서 출발하여 벵골만과 아라비아해를 누볐던 것이다. 또한 불교의 해상 전래도 나가파티남을 통해서 이루어 졌다. 촐라 왕국의 고승 담마팔라는 벵골만을 법의 바다[Sea of darma]라 고 했다. 팔라바 왕국의 수도 칸치푸람에서 살던 달마대사 역시 나가파 티남으로 내려와서 배를 타고 중국 광주로 갔다고 전해지고 있다. 석탈 해도 나가파티남을 언급했다는 내용이 『삼국유사』에 나온다. 석탈해는 자신의 나라가 용성국龍城國이라고 했는데 '나가Naga'는 코브라나 용, '파 티남Pattinam'은 도시라는 뜻이다. 한편 『삼국사기』에는 석탈해가 자신의 나라를 다파나국多婆那國이라고 말했다는 내용이 있다. 다파나Tapana는 타밀어로 태양을 가리키는데 촐라 왕국의 별칭이 해가 뜨는 나라인 태양 국太陽國이다.

일행은 코베리강의 대교를 건너 버스에서 내린다. 석탈해와 신라 6촌장, 그리고 달마대사가 떠났을 것으로 추정되는 코베리강과 벵골만이 만나는 바다를 보기 위해서다. 아소카왕이 전법사를 시켜 조성한 붓다 비하르는 뒤로 미룬 채 코베리강의 강바람을 쐰다. 타밀인들이 왜 끊임없이 바다를 건너 미지의 신천지로 향했는지 궁금하다. 그들은 왜 가야나 신라 혹은 일본의 규슈로 향했을까, 자국을 떠날 수밖에 없는 어떤 필연적인 이유가 있었던 것은 아닐까? 강가에 정박한 어선들은 말이 없다. 강바람에 당나귀처럼 뱃머리를 끄덕끄덕할 뿐이다.

마침내 황색 가사의 도시
칸치푸람에 입성하다

남인도 불교 유적 기행에서 하이라이트는 아무래도 판디아 왕국과 팔라바 왕국의 수도였던 칸치푸람Kanchipuram일 것이다. 한자 문화에 익숙한 이들에게는 달마대사의 고향인 향지국香至國이라고 하면 더 실감이 날지도 모르겠다. 현재 인구 15만의 도시 칸치푸람이 바로 향지국인 것이다. 우리 일행이 남인도에 온 것은 칸치푸람을 답사하기 위해서였다고 해도 과언이 아닐 터이다.

일행을 태운 버스는 계속 북진한다. 아마도 오늘은 칸치푸람까지 가지 못하고 마하발리푸람에서 1박을 해야 할 것 같다. 공동체 마을로 유명한 오로빌Aurovile 아쉬람Ashram이 있는 퐁디셰리Pondicherry 같은 도시를 그냥 지나치기에는 아쉬움이 크기 때문이다.

영어밖에 할 줄 모르는 길잡이 '마헤시' 씨의 이야기를 듣는 것만으로도 장시간 이동의 지루함이 조금 덜어진다. 벨란카니 호텔에서 만났던 석 씨 후손처럼 그의 선조도 금·은·철과 나무, 돌 등 다섯 가지를 다루는 계급이었다고 한다. 영어식으로 하면 '골드스미스'다. 금속을 가공하는 계급인데 브라만 계급 바로 밑이란다. 이는 아마도 사성 계급 카스트에서 분화된 서브 카스트가 아닌가 싶다. 기술 집단을 홀대했던 우리의 옛 유교 문화와는 사뭇 다르다. 신神들의 집을 만드는 귀한 집단이기 때문에 대접받았다고 한다.

인간 내면 의식의 진화를 추구하는 공동체 마을

퐁디셰리는 인구 1백만의 도시로 프랑스풍 건물들이 많다. 프랑스가 1674년에 도시를 강점한 후 무역항으로 개발했다가 1761년 영국에게 내주고만 역사가 있기 때문이다. 도시는 건천을 사이에 두고 블랙존과 화이트존으로 나뉘어 있다. 블랙존에는 인도인이, 화이트존에는 600명 정도의 프랑스인이 살고 있다고 길잡이가 설명한다. 일행은 뱅골만이 보이는 식당에서 점심을 하고 오로빌로 향한다. 인도 독립운동을 하다가 영적인 스승들을 만나 스스로 득도한 스리 오로빈도Sri Aurobindo의 사상을 기리고자 프랑스 출신인 그의 동반자 마더Mother가 1968년에 조성하기 시작한 마을이 오로빌이다. 오로빌은 '종교와 인종을 초월하여 인간 내면 의식의 진화를 추구하는 가장 이상적인 마을'을 목표로 만든 공동체 마을이다. 현재는 50개국에서 온 2000여 명의 사람들이 살고 있다고 한다. 우리 일행은 공동체 마을을 둘러보지는 못하고 스리 오로빈도와 마더의 법구가 안치된 기념관만 둘러보고 갈 길을 재촉한다.

퐁디셰리에서 칸치푸람까지는 78킬로미터 떨어진 거리다. 우리 식으로는 가깝지만 인도의 교통 사정으로는 두 시간 이상을 달려야 한다.

예상했던 대로 일행은 칸치푸람에 입성하지 못하고 해변의 힌두교 사원으로 유명한 마하발리푸람에서 일과를 접는다. 벵골만의 파도 소리를 밤새 자장가처럼 들으며 피로를 씻은 일행은 마침내 아소카왕 시절 판디아 왕국의 수도이자 달마대사가 젊은 시절을 보냈던 팔라바 왕국의 수도 칸치푸람[향지국]으로 나선다. 7세기 중엽 이곳을 들른 현장은 『대당서역기』에서 다음과 같이 기록하고 있다.

> 달라비다국達羅毗荼國[드라비다국]은 주위 6000여 리다. 나라의 대도성은 칸치푸람이고 주위 30여 리다. (중략) 가람은 100여 군데이고 승도는 1만여 명인데 모두 상좌부 가르침을 학습하고 있다. 힌두교 사원은 80여 군데, 나체수행자가 많다. 여래가 재세 중에 가끔 이 나라에 유세 설법하면서 사람들을 제도했다. 그래서 아소카왕은 여러 곳의 성적聖跡에 모두 스투파를 세웠다.

또한 현장은 유식학의 대가 다르마팔라Dharmapala[達磨波羅]가 칸치푸람 출신이라고 밝히고 있다. 현장의 글로 보아 칸치푸람은 7세기 중엽까지 다르마팔라의 유식학 등 불학이 번성했던 곳 같다. 가람이 100여 군데이고 힌두교 사원이 80여 군데라고 하니 칸치푸람만큼은 아직 불교가 힌두교에 밀리지 않았음을 알 수 있는 것이다.

칸치푸람의 힌두교 사원들 대부분이 본래는 불교 사원

칸치푸람에 입성하기 전에 붓다베두 사원의 사무장인 '보디 데바남

남자는 금욕 기간이 되면 웃통을 벗고 사원을 찾아 기도한다. 사원을 참배하는 젊은 부부.

Bodhi Devanam' 씨가 버스에 오른다. 나이를 헤아려보니 나와 동갑이다. 불교 관련 책도 두세 권 발간한 저술가이자 독실한 불자다. 나름대로 칸치푸람의 불교 유적지를 연구하고 있는 분인 것이다. 보디는 칸치푸람의 어원에 대해서 어디에서도 들어보지 못한 해석을 해준다. 칸은 황색, 치푸람은 가사라는 뜻이라고 한다. 그러니 칸치푸람은 '황색 가사의 도시'이다. 어원 그대로 칸치푸람은 황색 가사를 두른 수행자들이 넘실댔던 도시다. 상상만 해도 장엄하고 거룩한 풍경이다.

칸치푸람의 고대 힌두교 사원들은 원래 모두 절이었으므로 불교문화의 흔적들이 곳곳에 남아 있다고 한다. 힌두교 사원에서 버려진 불상들 중 일부는 학교 운동장에도 있고, 경찰서에도 있단다. 보디가 처음으로 안내한 곳은 카룩키닐 암만타발 암만Karukkinil Amarnthaval Amman 사원이다. 이곳은 원래 최초의 비구니 사원으로 지어졌다고 한다. 초라한 힌두교 사원이라 그런지 도심에 있지만 한가하다. 입구에서 나는 보디와 상의를 벗은 힌두교 사두와 사진을 찍는다. 출입구인 고푸람에 들어서 왼쪽으로 고개를 돌리자, 힌두교 신들 앞줄에 마왕을 항복시킨 항마촉지인降魔觸地印을 하고 있는 부처님상과 깨달음을 이루기 전 모습으로 선정인禪定印을 하고 있는 부처님상이 보인다. 한눈에 부처님상이라고 믿어질 만큼 낯익다. 다만 기름을 잔뜩 발라 타밀인처럼 피부가 검어서 고개를 갸웃거렸을 뿐이다. 데비 부인상도 있다. 모두 고대 촐라 왕국 때 조성된 상이라고 한다.

일행은 두 번째로 카치차페스와라Kachchapeswara 사원을 들른다. 이곳 역시 원래는 불교 사원이었다고 하는데 의심할 여지가 없다. 순례자들이 드나드는 고푸람에서 벌써 증명되고 있다. 고푸람은 아랫부분이 검

불교식 탑(검은 부분)과 힌두교식 탑(노란 부분)이 결합된 카치차페스와라 사원의 고푸람.
불교와 힌두교의 공존을 상징한다.

시바칸치 경찰서 경내에 봉안된 1세기 전후의 불상.

은색, 윗부분이 노란색으로 조성되어 있는데 아랫부분은 불교식 탑이고 윗부분은 힌두교식 탑인 것이다. 고푸람의 위아래 경계 부분에 선정에 든 부처님이 뚜렷하게 조각되어 있다. 그리고 이 사원이 아소카 시대에 건립되었다는 것을 알려주는 팔리어가 사암에 음각되어 여기저기 박혀 있다. 그뿐만 아니라 보리수 주위에 백마를 타고 출가하는 싯다르타상과 보리수 아래서 선정에 든 부처님상이 또 보인다. 특히 자신의 세 딸을 보내 부처님을 유혹했다는 마왕 마라상도 있다. 인도 사람들은 이와 같은 불상들을 힌두교 신으로 잘못 알고 있는 것 같다.

보디가 경찰서에도 부처님이 있다며 안내한다. 일행은 시바칸치 Sivakanchi 경찰서로 이동하여 참배한다. 갑자기 한국인들이 경찰서 경내로 들어오자 남인도 남녀 경찰관들이 사무실 밖으로 나와 구경한다. 경찰서에 모셔진 불상도 선정에 든 부처님상이다. 석질이 검은 돌이어서인지 기름칠을 하지 않아 단정한 느낌이 든다. 길쭉한 얼굴에 콧대는 높지 않은 편이고 코가 양미간부터 인중까지 길게 내려왔다. 보디의 설명에 의하면 불상이 조성되기 시작했을 때의 부처님상이라고 한다. 그렇다면 기원 전후에 조성된 것일 터이고, 석굴암 부처님이 이상적인 신라인상을 투영했듯 이 부처님도 누군가를 염두에 두었을 것이다. 그렇다. 칸치푸람에 최초로 불교 사원을 건립했던 아소카왕을 모델로 삼지 않았을까. 마침 경찰서 경내에는 아소카 트리가 몇 그루 자라고 있다. 나는 아소카 트리 잎을 하나 따서 부처님께 바친다. 그런 뒤 일행이 『반야심경』을 봉독할 때 혼자서 내 꿈을 빌어본다. 가을부터 아소카왕을 소재로 대하소설을 집필하겠다는 오래된 숙원이 바로 내 꿈인 것이다.

점심을 한 뒤 일행은 팔라바 왕조 때 조성하기 시작한 에캄바레스와

아소카 시대에 초창한 것으로 추정되는 케라사타나 사원. 팔리어가 석물 곳곳에 음각되어 있다.

최초의 비구니 사원이었지만 지금은 힌두교 사원인 카룩키닐 암만타발 암만 사원 경내에 봉안된 불상(앞줄 좌우).

라^{Ekambareshwara} 사원으로 가본다. 칸치푸람에서 가장 규모가 큰 힌두 교 사원인데 이 역시도 본래는 불교 사원이었다고 한다. 높이가 58미터 나 되는 고푸람이 일행을 압도한다. 사원 뒤쪽에 있는 작은 망고나무가 유명한데, 그 이유인즉 시바와 파르바티가 망고를 즐겨 따먹었다는 전설 때문이다. 사원 안에는 힌두교 신들이 조각된 기둥이 1000개나 된다고 한다. 그러나 일행의 관심사는 그것들을 감상하는 게 아니라 불상을 확 인하는 것이다. 13존(尊)의 작은 불상들이 사원의 남쪽과 북쪽 벽에 조각 되어 있다는 것이다. 시바 신을 모시는 주신전도 법당 형태가 남아 있다 고 하지만 일행은 힌두교 신자가 아니기 때문에 들어가지 못하고 신전

문밖에서 잠깐 살펴보는 것으로 만족하고 만다. 가슴 아픈 것은 고푸람 측면의 감실들이 군데군데 비어 있는바 원래는 불상이 봉안되었는데 힌두교 사두들이 다 떼어냈다는 설명이다.

일행이 마지막으로 찾아간 곳은 7세기 말에 팔라바 왕국의 라야심하 왕이 조성한 케라사나타^{Kailasanatha} 사원이다. 칸치푸람에서는 가장 오래되었으며 후대 왕조에 의해 변형되지 않은 유일한 힌두교 사원이다. 보디의 설명에 의하면 아소카 시대에 초창되었다고 한다. 광장 입구에 난디가 있는 것으로 보아 이곳도 시바 사원임이 분명하다. 보디의 말대로 모든 기둥에 힌두교 여러 신들을 조각하여 드라비다 건축양식을 보여주고 있지만 사암에는 음각한 팔리어가 희미하게 남아 있다. 팔리어가 아소카 시대에 초창됐다는 것을 증명하는 언어인바 최소한 이 사원의 부지만큼은 본래 절터였을 것이다.

그 밖에도 비나야가르 사원이나 아파캄 아디케사바 페루말 사원에서 불교의 흔적을 확인할 수 있지만 일행은 다음 답사 기회를 기약하고 만다. 지금은 비록 힌두교 7대 성지가 된 칸치푸람이지만 오늘 답사하고 확인한 것만으로도 현장법사가 순례를 왔을 당시에는 수행자들이 넘쳐났던 '황색 가사의 도시'였음을 실감했기 때문이다.

허황후는 남인도 사람인가,
북인도 사람인가

여행은 낯선 사람과 장소를 만나고 또한 그것과 사귀고 친해지는 시간
이기도 하다. 남인도에서 보디를 만난 것은 내게 행운이었다. 학구적
이고 진지한 태도가 무엇보다 마음에 들었다. 나와 동갑인 보디는 오래
된 친구처럼 말하고 행동했다. 나에게 하나라도 더 설명해주기 위해 애
를 썼다.

우리말과 유사한 단어가 많은 남인도 타밀어

답사 일행은 칸치푸람을 떠나 타밀나주의 주도 첸나이^{Chennai}로 이동
하는 중이다. 첸나이까지도 보디가 동행해주겠다고 한다. 보디는 칸치푸
람 근교에 있는 붓다베두 사원의 사무장이다. 붓다베두 사원은 칸치푸람
일대에서 유일한 불교 사원이다. 일행은 너도나도 사원을 들르자고 동의
한다. 보디가 현장법사도 붓다베두 사원을 거쳐 갔다며 그 흔적을 찾고
있다고 이야기한다.

붓다베두 불교 사원의 부처님과 부처님 사리함.

붓다베두 사원은 제법 큰 마을 언저리에 있다. 법당 밖에는 보리수와 좌불이 있다. 보리수는 족보가 있는 나무라고 한다. 아소카왕의 딸 상가미타가 부처님이 성불한 인도 마하보디 사원의 보리수 가지를 꺾어 스리랑카 아누라다푸라 사원으로 가져와 심었던바, 아직도 살아 있는 그 보리수 묘목을 얻어와 키운 나무란다. 아직은 신도가 110여 가구에 불과하지만 다른 곳에 불사를 준비하고 있단다. 불단에는 스리랑카에서 모셔온 부처님 사리가 있고, 사무실에는 중인도 나그푸르의 불가촉천민 출신으로서 인도 초대 법무부장관을 지냈던 암베드카르 사진이 붙어 있다. 카스트제도를 부정했던 암베드카르가 힌두교 천민 50여만 명을 불교 신자로 개종시킨 '인도 불교의 아버지'로 불리고 있다는 것은 잘 알려진 사실이다.

어느새 땅거미가 지고 있다. 마을 아이들이 버스 주위로 몰려와 손을 흔든다. 약속대로 보디가 다시 승차하여 안내한다. 나는 보디에게 첸나이에서 돌아갈 여비를 미리 준다. 첸나이를 몇 킬로미터 앞두고 일행은 버스에서 내려 스트레칭을 한다. 마침 남인도의 전형적인 시골마을 입구다. 나는 타밀어를 알지 못하지만 식구들이 무리 지어 있는 집으로 다가가 어린아이에게 "엄마?" 하고 묻고는 내심 놀란다. 아이가 옆에 있는 아낙을 가리키고 있는 것이다. 내가 또 "아빠?" 하자 아이가 손가락으로 먼 곳을 가리킨다. 집에 없다는 대답이다. 한국을 떠날 때 명사인 '엄마(엄마)', '아빠(아빠)', '난(나)', '니(너)', '빨(이빨)', '깐(눈깔)', '궁디(궁둥이)', '윳노리(윷놀이)', '쥐불노리(쥐불놀이)', '제기노리(제기놀이)', 동사인 '바(봐)', '와(와)' 부사인 '모땅(몽땅)', 그리고 농경사회의 단어인 비단, 삼, 길쌈, 벼, 풀 등이 타밀어와 유사하다는 것을 알고 왔던 것이다.

허황후는 왜 고향 아요디아를 떠났을까

마침내 일행은 타밀나두주의 주도이자 인구 1천만의 도시 첸나이에서 여장을 푼다. 1639년 이전만 해도 조그만 어촌이었는데 영국이 이곳에 남인도 총독부를 두면서 인구가 팽창했다고 한다. 내일은 첸나이 경찰서 맞은편에 있는 마리나비치를 갈 계획이다. 백사장의 길이가 12킬로미터나 된다. 해변 산책이 목적은 아니다. 허황후가 떠났다는 아요디아Ayodhya를 찾기 위해서다. 인도에는 아요디아가 두 군데인데, 하나는 갠지스강 지류인 고그라강 강변의 중인도 아요디아이고, 또 하나는 내일 아침에 가려고 하는 마리나비치 맞은편 어디쯤에 있다는 아요디아이다.

지금까지는 고그라강 근처에 위치한, 코살라국의 초기 수도였던 아요디아가 허황후의 고향이라고 더 많이 알려졌다. 그렇게 추정하는 이유 중 하나는 가야국의 문양인 쌍어문이 유난히 많이 발견된다는 점이다. 그러나 쌍어문은 남인도 힌두교 사원에서도 발견되고 있는바, 그것만으로 단정하기에는 부족한 것 같다.

첸나이 해변에 있는 아요디아가 허황후의 고향이라는 설이 더 설득력을 갖는 이유는 다음과 같다. 고향을 떠난 허황후가 거센 풍랑을 만나 다시 돌아왔다가 부모에게 파사석탑의 파사석婆娑石을 받아 배에 실은 뒤 무사히 일행과 함께 가야에 도착했다고 하는데, 그 파사돌이라는 말이 고대 타밀어 'Paasadol'과 일치한다. 고대 타밀어 돌dol은 현대 타밀어에서 칼kal로 바뀌어 지금은 'Paasakkal'이라 하는데, 남인도에서만 생산되는 자줏빛이 감도는 석재인 것이다. 무사 항해를 기원하기 위해 허황후 부모가 부적처럼 주었겠지만 내 생각은 또 다르다. 현대의 군함, 상선, 어선 등에는 무게중심이나 좌우 균형을 잡아주기 위해 바닷물을 넣고 빼

허황후의 고향 아요디아와 인접한 첸나이 마리나비치의 어부들.

는 밸러스트 탱크가 있는데 고대에는 범선 밑바닥에 돌을 실어 같은 역할을 하게 했다. 나는 그 돌이 바로 남인도에서만 나는 파사석이었다고 보는 것이다.

두 번째 이유는 허황후의 남편 김수로왕이 시조인 김해 김 씨 족보에 허황후가 남천축국南天竺國[출라 왕국] 사람이라고 기록한 점이다. 뿐만 아니라 『경상도지리지』도 허황후를 남천축국 사람으로 기술하고 있는 것이다.

다음 날 일찍 일행은 마리나비치로 나아가 벵골만의 바닷바람으로 기분을 돋운다. 2004년 쓰나미로 타밀나두주에서만 8000여 명이 목숨을 잃었다고 하지만 해변을 산책하는 인도인들의 표정은 밝기만 하다. 첸나이 해변 마을에서만 400여 명이 목숨을 잃었다는데 현재 로찌 꾸빰에는 첸나이 최대 어시장이 형성되어 있다.

나는 일행과 잠시 떨어져 보디를 따라 허황후의 아요디아 꾸빰을 찾는다. 아요디아 꾸빰은 뜻밖에도 우리로 치자면 주택 공사 같은 역할을 하는 공공 회사 건물 뒤편에 있다. 마을 표지판에는 아요디아 나가르라고 쓰여 있고 고래 한 마리가 그려져 있다. 좌판에 생선을 놓고 파는 상인들이 눈에 띈다. 보디에게 물어보니 '나가르'나 '꾸빰'은 모두 어촌이라는 뜻이란다. 확인해봐야겠지만 보디는 10세기까지 아요디아 나가르를 중심으로 왕국이 있었다고 설명한다.

허황후는 왜 고향을 떠났을까? 해변을 덮치는 쓰나미를 피해서 신천지를 찾아 나선 게 아닐까 하는 생각이 문득 뇌리를 스친다. 역사적인 기록으로는 2500년 전 남인도에 첫 쓰나미가 왔다고 한다. 인도 지형은 원래 직사각형이었으나 쓰나미 때문에 현재의 역삼각형 모습으로 바뀌

젊은이들이 나무 그늘에서 데이트를 즐기는 첸나이 박물관 야외 전시장.

었다는 것이다. 그러니까 2500년 전에는 스리랑카까지 걸어서 갔다는 것이다. 스리랑카가 섬으로 바뀐 이후에도 남인도와 스리랑카 해변에 쓰나미가 자주 있었다는 게 보디의 설명이다. 쓰나미의 공포가 어떤 것인지는 일본의 경우를 보아서 알고 있는바, 허황후 시대에는 공포의 강도가 훨씬 더했을 것 같다. 허황후는 쓰나미가 없는 신천지를 찾아 나서는 대탈출의 항해를 한 듯싶다.

일행은 예수의 열두 제자 가운데 한 사람인 토마스의 유해가 안치된 성 토마스 성당을 들른 다음 인도 4대 정부 박물관 중 하나인 첸나이 박물관에 입장하여 관람한다. 일행은 불상 전시관인 2층에 먼저 가본다.

인도 4대 박물관 중 하나인 첸나이 정부 박물관.

나가파티남에서 발굴된 10세기에서 11세기의 불상들이 압권이다. 16세기 불상들은 장식이 복잡하고 기교를 많이 부려 10세기 불상들보다 오히려 아름다움이 덜하다. 나가파티남의 10세기 불상들이 빼어난 것은 중국 상인들이 나가파티남 사원들을 참배하면서 보시를 많이 했기 때문이라는 설도 있다.

아마라바티에서 아소카왕의 팔각석주를 보다

숙소로 돌아와 점심을 한 일행은 드디어 종착지인 안드라프라데시주로 향한다. 첸나이에서 안드라프라데시주의 비자야와다Vijayawada까지는 장장 일곱 시간을 달려야 한다. 버스로 일곱 시간 이상 달리는 것이 다반사가 되다 보니 일행 중에 감기 환자가 눈에 띈다. 기력이 떨어지기는 나도 마찬가지다. 비자야와다 숙소에 들어서자마자 녹초가 되어 잠에 떨어져버린다. 그러나 다음 날 크리슈나강을 건너면서부터는 불교 유적 답사에 대한 기대로 가슴이 설렌다.

기원전 2세기부터 4세기까지 불교가 크게 번성했던 사트바하나 왕국의 수도 아마라바티Amaravati로 가는 길의 들판은 목화밭 일색이다. 목화 수확 철인지 목화를 운반하는 화물 트럭들이 좁은 도로를 질주하고 있다. 일행이 찾아가고 있는 아마라바티 대탑은 아소카왕이 전법사 마하데바를 보내 부처님의 쇄골 사리를 봉안하면서 조성하기 시작했고, 이후 사트바하나 왕조가 중창불사를 했으며 제2의 부처라 불리는 나가르주나가 추가불사를 하여 산치 대탑처럼 큰 규모가 되었다고 한다. 현재는 작은 도시로 퇴락한 아마라바티가 불교의 대성지로 발전했던 까닭은 부처

부처님 쇄골 사리를 봉안한 아마라바티 대탑과 아소카왕이 순례를 와서 세운 팔각석주.

아마라바티는 부처님과 아소카왕이 다녀갔고, 아소카왕의 아들 마힌다가
스리랑카에 불교를 전하기 위해 가다가 잠시 머물렀던 성지다.

아마라바티 대탑을 추가불사했던 제2의 부처라 불리는 나가르주나[용수보살]상.

님이 살아계실 때 한 번 다녀간 데다 아소카왕의 아들 마힌다가 스리랑카로 가기 전에 잠시 머물렀고 아소카왕이 순례를 와 팔각석주를 세웠기 때문일 것이다. 일행은 아마라바티에 도착하여 대탑 유적지로 들어선다. 보드가야의 녹야원 같은 평온한 기운이 느껴진다. 깨진 탑의 파편들이 여기저기 뒹굴고 있지만 평화로운 기운이 보리수 그늘처럼 청량하게 다가온다. 아소카왕이 세운 팔각석주도 중단이 사선으로 파괴되어 없지만 그 상흔을 양명한 햇살이 감싸고 있다.

대탑 초입에는 황금 빛깔의 나가르주나상이 조성되어 있으며, 붉은 기단에 '14대 달라이라마, 텐진 가초가 2006년에 칼라차크라 법회를 열었다'는 내용이 새겨져 있다. 나가르주나는 말년에 사트바하나 왕조의 지원을 받아 대강원을 지은 후 중관 사상과 대승불교의 교리를 가르쳤다는데, 당시 설법한 장소가 바로 현재의 나가르주나 콘다[언덕]다. 그러나 일행은 나가르주나 콘다에 가지 못한다. 댐으로 인한 수몰 지역에서부터 배를 타고 가야 하기 때문이다. 일행은 귀국하기 위해 안드라프라데시주의 주도 하이데라바드로 달린다. 버스 안에서 대요 스님이 한 수의 게송으로 회향법문을 하신다.

눈이 보니 귀가 멀고/ 귀가 들으니 눈이 멀었네/ 입 열면 혀가 잘리고/ 머리 돌려 생각하면/ 이미 죽은 송장이라/ 이 도리는 무슨 도리인가!

스님이 남인도 불교 유적지를 답사한 일행에게 각자 보고 들은 것들을 통해 또다시 발심하라는 메시지를 준 게 아닐까 싶다. 그렇다. 자신의 신심을 증장시키지 못한다면 불교 유적 답사를 위해 강행군한다 해도 무슨 의미가 있을 것인가.

연꽃을 들고 절에 가는
불심의 나라,

스리랑카

스리랑카 불교의 심장인 불치사, 저녁 공양 시간이라고 북을 치며 알리고 있다.

부처님 가르침이
망고처럼 향기롭고 그윽한 나라

콜롬보^{Colombo} 교외에 위치한 반다라나이케 국제공항에 도착한 시각은 새벽 한 시쯤이었다. 눈을 떠보니 안국선원 순례 일행을 태운 비행기는 활주로가 짧은 공항을 거칠게 착륙하고 있었다. 기내에 비치된 영문 안내 책자에서 스리랑카의 수도 콜롬보가 어떤 도시인가를 한 번 보았을 뿐 나는 줄곧 비몽사몽의 가수면 상태였던 것이다. 콜롬보를 설명하는 안내 책자의 첫머리는 이렇게 시작하고 있었다.

종합수도인 스리자야와르데네푸라코테가 1980년대 중엽에 완성되기 전까지 스리랑카의 사실상 수도. 섬의 서해안 켈라니강 바로 남쪽에 자리 잡고 있으며 인도양의 주요 항구이다. 이 항구는 5세기 중국의 여행가 법현法顯이 남긴 문헌에 카오란푸라는 이름으로 처음 등장한다. 스리랑카인들은 이 항구를 콜랑바라고 불렀는데, 포르투갈인들은 망고나무(잎사귀라는 뜻의 kola와 망고라는 뜻의 amba)라는 스리랑카어에서 유래한 것으로 생각했지만 최근에는 고대 스리랑카어로 항구나 나루터를 뜻하는 낱말이었다는 해석이 더 유력하게 받아들여지고 있다.

중국의 구법승 법현도 순례했던 스리랑카

구법승 법현을 소개하고 있는 부분에서는 잠깐 졸음을 쫓았다. 신라 승려 혜초의 『왕오천축국전』과 더불어 세계 3대 인도여행기 중 하나인 『불국기』를 집필한 법현은 인도를 거쳐 스리랑카로 내려와 2년을 머문 뒤 바닷길을 이용하여 중국으로 돌아갔던 것이다. 혜초가 바닷길로 들어와 파미르고원을 넘어서 중국으로 갔으니 법현의 순례 길은 그 반대였던 셈이다.

공항에서 우리 일행을 기다리고 있던 버스를 타고 네곰보Negombo로 이동하는 중에 문득 스리랑카 섬 모양이 망고나무 잎사귀와 닮았다는 생각이 스쳤다. 부처님이 망고를 좋아했다는 얘기에서 연상된 이미지일 수도 있지만 실제로 스리랑카는 부처님 법향法香이 망고처럼 향기롭고 그윽한 남방불교 국가인 것이다.

무려 450여 년 동안 기독교 국가들의 침략과 지배가 있었음에도 불구하고 현재 인구의 70퍼센트가 불교 신자인 것은 '뿌리 깊은 나무가 바람에 흔들리지 않는다'는 말처럼 스리랑카 불교의 기반이 튼실하고 건강했다는 방증이다. 바로 이 대목에서 나는 타산지석他山之石이라는 말을 떠올리지 않을 수 없었다. 한국 불교의 미래를 위해서 '본받을 점은 없는가?' 하고 말이다.

열대성 스콜이 내린 뒤 하늘에 나타난 무지개를 보고 사람들은 모두 시인이 되었다.

영국풍이 여기저기 남아 있는 이국적인 네곰보 거리.

우리나라 불제자들 중에는 스리랑카 불교에서 배울 바가 무엇이 있
겠느냐며 이상한 자존심을 내세우는 사람도 있지만 그런 태도는 온당치
않고 우물 안 개구리 식이 아닌가 싶다. 대승과 소승을 떠나 부처님 법을
깨닫고자 정진하고 전법하는 모든 행위와 수단을 수행이라고 하는 것이
지 '이것만이 수행이다' 하고 특별하게 규정지은 틀은 없기 때문이다. 수
행을 오독誤讀해서는 안 된다. 자기가 스스로 만든 편견과 통념에서 벗어
나는 것이 바로 수행의 첫걸음이기에 더욱 그렇다.

해변 도시인 네곰보의 한 호텔에서 짐을 풀고 잠깐 눈을 붙이고 나자,
창문 너머로 끝없는 바다가 펼쳐져 있다. 벌써 해변을 삼삼오오 거닐고

있는 일행이 보인다. 새벽녘에 한 차례 열대성 소나기가 지나간 뒤끝이어서인지 해변과 바다는 더욱 해맑다.

해변 너머 하늘에 거대한 무지개가 떠 있다. 시인詩人은 나이 들어서도 무지개를 보면 가슴이 설렌다고 했던가. 안국선원 순례 일행 모두를 설레게 하는 하늘의 축복이다.

기독교 국가들이 침략한 스리랑카의 슬픈 역사

네곰보는 불교 국가인 스리랑카에서 다소 이국적인 도시다. 거리 모퉁이나 로터리에는 성모상이나 성당이 눈에 많이 띈다. 침략자 서구인들이 내륙 도시보다는 물자 수송이 원활한 해변 도시에서 살았다는 증거다. 포르투갈이 150년, 네덜란드가 150년, 영국이 150년을 식민지 삼아 통치했다고 하니 성당이나 성모상 등은 슬픈 역사의 흔적이다.

기독교 국가들은 왜 인간의 평화를 외면한 채 끊임없이 침략을 자행했을까? 독일의 철학자 니체는 "기독교는 인류에게 영원한 저주이며, 본질적인 타락이며 영원한 오점이다"라고 말한 적이 있다. 또한 영국의 철학자 러셀은 『나는 왜 기독교인이 아닌가』에서 "내가 바라는 세계는 집단적 적대감에서 해방된 세계, 투쟁이 아닌 협력에서 만인의 행복이 나올 수 있는 깨달음의 세계이며 그런 뜻에서 유일신 신앙의 기독교는 대립을 초래함으로써 인간의 정의와 평화를 해칠 수 있다"고 말한 바 있다. 그들의 경고가 새삼 절절하게 다가온다.

스리랑카를 침략한 영국은 훗날 스리랑카 내전이라는 비극을 초래하고 만다. 스리랑카 민족의 인구 분포는 불교를 믿는 싱할라족이 약 74퍼

기독교 침략의 역사에도 불구하고 아이들은 예나 지금이나 해맑다.

센트, 영국 정부가 정책적으로 남인도에서 이주시킨 타밀족이 약 18퍼센트, 아랍 상인들이 정착하는 8세기부터 퍼진 무슬림이 약 7퍼센트다. 영국은 분열 정책으로 타밀족을 이용하여 다수 민족인 싱할라족을 통치하게 했던바 그때부터 비극이 싹텄다. 1948년 2월에 스리랑카가 영국 통치로부터 독립한 뒤 대통령 선거에서 싱할라족이 집권하게 되자 타밀족이 자신들의 본거지인 스리랑카 북동부에 독립 국가를 만들려고 정부를 상대로 투쟁하기 시작한 것이다. 인도 정부의 비호 아래 인도 땅에서 군사훈련을 받기도 한 타밀반군[LTTE]은 기독교 국가인 서구 여러 나라들로부터 지지를 받았지만 스스로 과격한 테러 단체로 전락해버렸다. 1983년 콜롬보 버스터미널에 폭탄 테러를 감행했으며 1998년에는 부처님 치아 사리를 봉안한 불치사까지 공격했던 것이다.

결국, 국제사회로부터 외면당한 타밀반군은 2009년 정부군의 잔당 소탕작전 중 반군 최고지도자가 사살되어 항복을 선언했고, 26년간 이어진 내전은 10만 명이란 사상자를 낸 채 종지부를 찍었다.

내전이 종식된 덕분에 네곰보에서 아누라다푸라로 가는 길은 거침이 없다. 내가 처음으로 스리랑카에 왔던 1995년만 해도 주요 거리마다 검문소가 있어 자동차가 가다 서다를 반복했던 것이다.

비록 시속 60킬로미터로 달리는 버스지만 차창 밖의 목가적인 풍경 탓인지 속도감이 느껴진다. 우리도 1960년대에는 시속 60킬로미터 정도면 쾌속이었다. 같은 속도라도 시대에 따라 감지되는 속도감이 다른 것 같다. 마차가 달리던 시대에는 마차가 가장 빠르게 느껴졌을 터이니 말이다. 네 시간 반이나 버스 안에 갇혀 있었는데도 전혀 지루하지 않다.

게으르지 말고
부지런히 정진하라

아누라다푸라Anuradhapura. 스리랑카인들이 아누루따Anurudda라고 부르는, 기원전 5세기경 만들어진 고대 도시로 기원전 380년 판두카바야Pandukabhaya왕 때 스리랑카의 수도가 되어 그때부터 1017년까지 약 1500년 동안 불교문화를 화려하게 꽃피운바 지금도 곳곳에 불교 유적이 산재해 있다. 기원전 3세기경 인도에서 불교가 전래되면서 수많은 사원과 거대한 탑이 조성되었는데, '하늘에서 내린 비를 바다로 흘려보내지 않는다'는 왕들의 치수정책治水政策에 따른 저수지 축조와 관개시설의 발달로 농업이 크게 번창함에 따라 불교문화가 융성한 것이다. 현재 인구는 10만 명 미만이지만 우리나라의 경주와 같은 도시로 전성기에는 도시 외곽을 두른 성벽이 80킬로미터나 되었다고 한다.

록 템플로 불리는 스리랑카 최초 사원인 이수루무니야 사원.

바위 위에 조성된 스리랑카 최초 사원 이수루무니야

순례 일행 모두가 맨발을 하고 첫발을 내디딘 곳은 스리랑카 최초 사원으로 알려진 이수루무니야Isurumuniya 사원. 거대한 바위 위에 조성된 사원이라 하여 별칭으로 '록 템플Rock temple'이라고도 부르지만 바위 숭배 전통은 스리랑카나 우리나라나 대동소이한 것 같다. 우리나라 사람들이 바위에 불보살님을 새겨놓고 소원을 기도해왔던 것이나 그 사고思考의 원형질이 비슷한 것이다. 동행한 조용헌 씨가 바위 기운이 좋다며 자꾸 신명을 내는데 그제야 나도 어떤 영기靈氣 때문인지 까맣게 망각했던 기억이 되살아남을 느꼈다. 탑으로 오르는 입구인 좁은 돌문 앞에서였다. 사원을 들어섰을 때는 낯선 기분에 사로잡혔는데 돌문 앞에 서는 순간 옛 기억이 살아났던 것이다. 나는 자신도 모르게 옆에 선 일행에게 소리쳤다.

"아, 이 돌문을 보니 여기 왔던 기억이 납니다."

실어증에 걸린 사람이 어떤 자극에 의해서 말을 되찾은 것과 같은 경험이었다. 나는 그것만으로도 이수루무니야 사원을 참배한 의미를 찾았다고나 할까, 전망대 같은 바위에 올라서 군데군데 솟은 탑과 큰 저수지를 보는 것은 다리품을 판 덤일 뿐이라고 생각했다.

바위에서 내려와 사원 안의 부처님 열반상을 보니 또 생각이 났다. 스리랑카 사원마다 부처님 열반상이 봉안되어 있어 마치 내가 부처님의 시자 아난다가 된 것처럼 코끝이 찡해지고는 했던 기억이 말이다. 또한 부처님이 열반하려고 하자 작은 정사로 혼자 들어가 문고리를 잡고 울었던 아난다를 마하카시아파[마하가섭]보다 인간적으로 더 깊이 이해할 수 있는 계기도 되었던 것 같다. 십수 년 뒤 부처님 열반 이야기인 소설 『니르바나의 미소』에서 나는 다음과 같이 묘사했던 것이다.

아난다는 살라나무 숲 저편에 있는 작은 정사로 가 몸을 숨겼다. 자신의 얼굴에 흐르는 눈물을 다른 비구들에게 보이고 싶지 않았다. 부처님의 여러 제자들에게 자신의 우는 모습을 보인다는 것은 부끄러운 일이었다.

아난다는 정사 안으로 아무도 들어오지 못하도록 문고리를 잡고 흐느끼다가 잠시 후에는 소리 내어 울었다. 그때 부처님은 머리맡에 아난다가 없자 허전해 했다. 자신의 그림자가 갑자기 사라진 것 같은 느낌을 받았다. 부처님은 감았던 눈을 뜨고 나서 합장한 채 무릎을 꿇고 있는 여러 비구들을 향해 물었다.

"비구들이여, 아난다가 보이지 않는구나."

"세존이시여, 아난다 비구는 세존께서 열반에 드시려 하는 것에 슬픔을 참지 못하고 잠시 자리를 피해 울고 있습니다."

"비구여, 지금 아난다가 울고 있는 정사로 가서 여래가 아난다를 부른다고 전하여라."

한 비구가 즉시 아난다가 있는 정사로 가 말했다.

"아난다 비구여, 세존께서 부르시옵니다. 어서 나와 세존께 가보시오."

문을 열고 나오는 아난다의 뺨은 눈물로 젖어 있었다. 막 떠오른 보름달 빛에 뺨이 번들거렸다. 살라나무 숲 위로 뜬 보름달이 침통한 표정으로 아난다를 내려다보았다. 공기는 벌써 밤안개에 젖어 촉촉했다. 아난다는 침통한 보름달을 보면서 부처님이 누워 있는 살라나무 숲으로 돌아왔다. 아난다가 부처님 머리맡에 소리 없이 앉자 부처님이 말했다.

이수루무니야 사원 바위에 양각된 사람과 말.

"아난다여, 너는 여래의 열반을 한탄하거나 슬퍼해서는 안 되느니라.
아난다여, 여래가 너에게 항상 말하지 않았더냐. 아무리 사랑하고 서
로 마음이 맞는 사람이라 하더라도 마침내는 헤어져야 할 때가 찾아오
는 것이라고. 그것을 어찌 피할 수 있겠느냐."
(중략) 마침내 부처님이 마지막으로 설했다.
"비구들이여, 이제 너희들에게 말하노라. '모든 현상은 소멸해간다.
게으르지 말고 부지런히 정진하라.' 이것이 여래의 마지막 말이다."
부처님의 짧은 유언은 자애롭고 간절했다. 유언은 어둠을 밝히는 섬광
처럼 눈을 홀연히 환하게 밝혔고, 바람이 옷깃을 파고들 듯 영혼을 적

이수루무니야 사원 앞의 드넓은 평야에 우리나라 경주처럼 하얀 탑들이 곳곳에 산재해 있다.

셨다. 부처님이 열반에 든 살라나무 숲에는 보름날의 밤안개와 달빛이 떠돌았다. 부처님의 침묵과 미소가 어린, 이 세상에서 가장 슬프고도 거룩한 밤안개와 달빛이었다. 그제야 아난다는 부처님이 보여준 '남김 없는 번뇌의 소멸[니르바나]'을 위대한 열반이라고 깨달았다.

열반상을 참배하고 나오니 강렬한 햇살이 눈을 찌르듯 쏟아지고 있다. 눈이 시리고 흙과 모래의 복사열도 달아올라 경내를 빠져나오는 맨발바닥이 따갑다.

이수루무니야 사원 주변에는 다키나^{Dakkhina} 스투파 등 바루를 엎어 놓은 모양의 거대한 복발탑들이 보인다. 스투파는 탑이란 뜻인데 더 정확한 어원은 '흙으로 쌓아올린 탑'이라고 한다. 그렇다면 그 많은 분량의 흙을 어디에서 옮겨왔을까? 아누라다푸라가 산이 드문 평지 도시이므로 당연히 드는 의문이다. 스투파 하나의 규모가 우리나라 왕릉보다 훨씬 더 크므로 흙의 조달처가 궁금한 것이다.

나의 의문이 잠시 상상의 나래를 펴게 한다. 기원전 스리랑카 옛 왕들이 평지에 조성했다는 호수 같은 저수지들을 보고 나서다. 왕들은 저수지를 조성하여 치수하는 것을 자신의 업적이라고 여겼을 터이고, 그곳에서 파낸 흙이 신앙의 대상인 스투파가 되었으리라고 나는 영감이 스치듯 추측했던 것이다. 순례 일행을 안내하고 있는 싱할라족 청년에게 확인해 보니 역사적 사실이라고 한다. 스리랑카식의 우공이산^{愚公移山}이라고나 할까, 그가 나의 추측에 고개를 끄덕인다.

따뜻한 가슴이 없는 수행은
공허한 관념일 뿐

부처님이 정각正覺을 이룬 인도 부다가야에서 가져온 보리수가 있다 해서 '보리수 사원'으로 불리는 스리마하보디Sri Mahabodhi는 이수루무니야 사원에서 아주 가까운 거리에 위치해 있다. 북쪽으로 1.2킬로미터쯤 떨어진 곳인데 한낮에는 햇살이 따가우므로 걷기에는 좀 부담이 된다.

아소카왕의 딸, 상가밋타 비구니의 숨결이 서린 보리수 사원

아소카왕의 딸 상가밋타는 스리랑카 최초로 비구니 승단을 만든 비구니 장로다. 보리수 사원의 보리수는 상가밋타가 부다가야의 보리수 가지를 가지고 와 데바남피야티샤왕이 심은 것으로 알려져 있다.

부처님 열반 전부터 부다가야의 보리수는 부처님과 동격이었으니 상가밋타는 인도에서 부처님을 모시고 온 셈이다. 아난존자도 기원정사 뜰에 부다가야의 보리수 씨앗을 가져와 심어놓고 부처님이 출타하신 뒤에

아소카왕의 딸 상가밋타 비구니가 부다가야에서 가지고 온 보리수.

는 부처님을 시봉하듯 참배했다. 더구나 보리수 참배 신앙은 부처님이 아난존자에게 직접 구체적으로 당부한 말씀이어서 더욱 의미를 갖는다. 부처님이 기원정사에 계실 때 아난존자에게 '여래가 없을 때는 여래 대신 보리수를 참배해도 좋다'고 말씀한 적이 있었던 것이다.

이러한 보리수 참배 전통이 2500여 년이 지난 지금까지 스리랑카에 남아 있다니 놀랍기만 하다. 보리수 사원에 기도하러 가는 스리랑카 사람들은 지금도 '부처님을 뵈러 간다'고 말하고 있는 것이다.

서사시敍事詩로 쓰인 스리랑카 역사서 『디파밤사Dipavamsa[島王統史]』에는 상가밋타가 어떤 연유로 보리수 가지를 들고 와서 스리랑카 비구니 승단을 태동시켰는지 잘 나타나 있다.

아소카왕의 아들 마힌다^{Mahinda}가 스리랑카에 건너와 불법을 처음으로 전한 직후였다. 스리랑카 데바남피야티샤왕은 아소카왕에게 사신을 보냈다. 사신은 왕의 친조카인 아릿타였다. 아릿타는 아소카왕을 만나 무릎을 꿇고 청원했다.

"대왕이시여, 랑카 섬에 데바남피야티샤왕 동생의 아내는 출가한 것과 같이 몸을 삼가 생활하고 있습니다. 그녀를 정식으로 출가시키기 위해 상가밋타 비구니 장로를 모시고 가게 해주십시오. 또한 부다가야의 부처님과 같은 보리수 남쪽 가지도 모시고 가게 해주십시오."

스리랑카에는 이미 왕비 아누라와 200인의 여성, 500인의 후궁들이 마힌다 장로에게 감화되어 10계를 받고 비구니가 되어 있었다. 뿐만 아니라 그녀들은 상가밋타 비구니 장로가 스리랑카로 건너와 비구니들의 지도자가 되어주기를 간절히 바라고 있었다.

아소카왕은 랑카 섬으로 전법을 나서겠다는 상가밋타의 결심은 읽었으나 부처님과도 같은 부다가야의 대보리수 남쪽 가지를 꺾는 일에는 결단을 내리지 못했다. 그래서 대신 마하데바라에게 물었다.

"부다가야의 대보리수는 신성한 나무여서 칼로 상처를 내서는 안 될 것이오. 도대체 어떻게 남쪽의 가지를 자를 수 있겠소?"

마하데바라는 아소카왕에게 마우리야 왕조의 수도인 파탈리푸타(지금의 파트나)에 있는 모든 수행승들을 불러 그들의 의견을 듣도록 건의했다. 이윽고 수행승들이 다 모이자 아소카왕이 물었다.

"존자들이여, 대보리수 남쪽 가지를 꺾어 랑카 섬에 보내도 좋은가."

난관에 봉착하면 언제나 지혜로운 답을 내렸던 불교 교단의 상수 장로인 목갈리푸타티샤가 말했다.

"대왕이시여, 전법을 위해 반드시 보내야만 합니다."

아소카왕은 보리수 가지를 담을 황금 화병을 만들게 한 뒤 여러 장로와 신하들을 데리고 부다가야로 갔다. 그런 다음 보리수 남쪽 가지를 붙들고 말했다.

"제가 부처님의 가르침을 배반하지 않았다면 대보리수여, 남쪽 가지를 스스로 꺾어서 황금 화병에 떨어뜨려주십시오."

이에 남쪽 가지는 저절로 황금 화병에 떨어졌다고 한다. 상가밋타는 열한 명의 비구니와 함께 사신 아릿타 일행을 따라갔다. 그들은 파탈리푸타 나루터를 떠나 갠지스강을 타고 가다가 해로를 따라 스리랑카로 건너갔는데, 그때 상가밋타의 나이가 30세였다고 한다. 그리고 상가밋타가 가져온 보리수 가지들은 데바남피야티샤왕이 아누라다푸라의 여러 사원에 직접 한 가지씩 심었다고 한다.

데바남피야티샤왕이 심은 보리수 중에서 유일하게 살아남아 있는 것이 스리마하보디의 보리수인 셈이다. 순례 일행은 보리수 사원에서도 맨발로 예를 갖추어 보리수를 참배한다. 야생 코끼리들로부터 보리수를 지키기 위해 담을 쌓고 철책을 둘러 답답하지만, 그래도 부처님의 기운이 감지되는 성지에 와 있다는 느낌이 강하게 든다. 보리수를 참배하고 난 뒤 기도처로 지어진 건물에 들러 잠시 수불 스님의 법문을 듣는다.

"순례하면서 나그네로 다니지 말고 주인공으로 다니기 바랍니다. 예컨대 전생에 왔던 곳인데 지금은 어떤 모습으로 변했는지 살펴보라는 것입니다. 순례하면서 가져야 할 자세가 또 하나 있습니다. 하나가 전체가 되고 전체가 하나로 되는 순례를 할 줄 알아야 합니다. 그래야만 보고 들

보리수 사원에서 기도하는 스리랑카 사람들.

는 것이 더 깊어질 것입니다."

아누라다푸라의 탑 중에서 가장 큰 루완웰리세야 대탑

보리수 사원을 나온 순례 일행의 다음 행선지는 루완웰리세야Ruwan-weliseya 대탑이다. 마침 스리랑카 순례자들이 10미터쯤 되는 긴 천을 머리 위로 들고 그곳으로 가고 있다. 신도 단체가 성지를 순례할 때는 무슨 축제 의식을 치르듯 요란스럽게 하는 모양이다.

돌기둥[로하파사다] 사이로 기원전에 만든 반들반들한 석조 보도가 인상적이다. 오늘날로 치자면 포장도로인 셈이다. 대탑 아래 코끼리들이 조각된 사면의 벽도 특이하다. 이러한 표현 방식은 스리랑카 수행승들에 의해 동남아로 퍼졌다고 한다.

기원전 2세기 두타가마니왕이 조성하기 시작하여 그의 아들 사다티샤왕자에 의해 완성됐을 때 대탑의 높이는 110미터 정도였으나 현재는 55미터라고 한다. 안내하는 스리랑카 청년이 아누라다푸라에서 가장 큰 스투파라며 자랑한다.

순례 일행이 탑돌이를 하는 동안 나는 무리에서 슬그머니 이탈하고 만다. 대탑 입구 왼쪽에 선 채로 수년 동안 묵언하고 있다는 수행자에게 눈길이 끌려서이다. 수행자 발 앞에는 몇 줄의 영문이 쓰여 있다.

-저는 돈을 사용하지 않으니 보시하지 마십시오.

-사진은 촬영해도 좋습니다.

-말은 걸지 마십시오.

-제 앞에 서지 마십시오.

고도 아누라다푸라에서 가장 큰 루완웰리세야 대탑.

대탑 초입에서 신도들의 소망을 담아 타고 있는 기름불.

수행자가 내게 미소를 지으며 손짓으로 탑돌이를 하는 순례 일행을 가리킨다. 온화한 미소와 손짓 속에는 일행에서 이탈하지 말라는 수행자의 자비심이 담겨 있다. 이심전심으로 내게 그의 깊은 자비심이 전해진다. 자비심을 증장하기 위해 저 자리에 서서 수년째 묵언수행을 하는 것도 같다. 그렇다. 수행의 목적이 자비심 없는 지혜의 증득만이라면 그것은 공허한 관념에 불과하지 않을까 싶다. 따뜻한 가슴이 없는 수행, 깨달음 지상주의에 빠져 있는 외눈박이 수행이라면 참으로 경계해야 하고 또한 불제자로서 참회해야 하지 않을까 싶다.

스리랑카에 지혜의 등불을 밝힌 아소카왕의 아들, 마힌다 장로

어느새 해가 기울고 있다. 잠시 후면 석양이 지고 날빛이 스러질 것이다. 순례 일행이 하루 일정 중 마지막으로 찾아간 곳은 미힌탈레 Mihintale. 아누라다푸라에서 동쪽으로 14킬로미터 떨어진 곳이다. 미사카산과 추티야산이 있는 미힌탈레는 스리랑카 불교의 최초 전승지다. 두말할 것도 없이 미힌탈레는 아소카왕의 아들인 마힌다 장로의 이름에서 유래한 지명일 것이다.

산을 오르는데 계단에 흰색의 템플플라워가 낙화해 있다. 우리나라의 마삭줄꽃처럼 생긴 작은 꽃이다. 불단에 바치는 꽃이어서 템플플라워라고 부르는지도 모르겠다. 우리말로는 절꽃이다. 산 정상에 있는 부처님의 머리카락을 봉안한 마하세야 불탑까지는 계단이 무려 1840개나 된다고 한다.

정상으로 가는 도중에 암바스탈라 대탑도 있다. 마힌다 장로가 사냥

루완웰리세야 대탑을 참배하는 스리랑카 불자들.

나온 왕과 처음으로 만난 곳을 기념하려고 세운 탑이다. 그곳에 마힌다 장로의 유골이 봉안되어 있음직하다. 마힌다 장로가 스리랑카에 불교를 전한 내력 또한 스리랑카 역사서인 『디파밤사』에 자세하게 나와 있다. 동인도제국을 통일하고 불교에 귀의한 아소카왕은 왕사인 목갈리푸타 티샤로부터 "아들을 출가시킨 왕이야말로 불법의 상속자다"라는 법문을 받아들여 당시 20세가 된 마힌다와 그보다 두 살 아래인 상가밋타를 출가시켰다.

이후 마힌다는 정진 끝에 장로가 되어 불법을 전법하고자 스리랑카로 떠났다. 네 명의 비구와 수마나 사미와 반두카 동자를 데리고 어머니 데비가 사는 베디사에 머문 뒤 인도력으로 3월 포살을 행하는 날에 스리랑카 미사카 산정으로 날아갔다. 아마도 배를 타고 갔겠지만 이야기를 장엄하게 만들기 위해 법력과 신통으로 날아갔다고 했을 것이다.

마힌다 장로가 때마침 사냥 나온 데바남피야티샤왕을 만난 것은 기원전 247년 6월이었던 것 같다. 지금도 스리랑카에서는 6월 중 보름 동안 불법의 전래를 기념하고 있기 때문이다. 왕과 신하들을 불도로 귀의하게 한 마힌다 장로는 이후 아누라다푸라를 오가며 48년 동안 설법하고 80세에 세상을 떠났다. 이런 연유로 스리랑카 사람들은 마힌다 장로를 스리랑카 불교의 비조라고 부르며 『디파밤사』에서는 등명자燈明者, 즉 '섬에 등불을 밝힌 자'라고 기록하고 있다.

계단을 오르는 중에 사원터 바위에 음각된 비문도 보이지만 팔리어를 모르니 장님이 될 수밖에 없다. 다만 스리랑카 청년의 설명이 매우 흥미롭다. 비문은 기원후 9세기 때 사원의 생활상을 보여주고 있는데 당시 2000명의 수행 대중과 200명 이상의 노예들이 살았다는 내용도 있고 내

아소카왕의 아들 마힌다 장로가 스리랑카에 최초로 불교를 전한 미힌탈레.

미힌탈레의 노천대불.

과의사, 외과의사, 선생, 도예가, 요리사, 그 밖의 일하는 사람들의 월급이 각각 얼마였는지도 기록되어 있다고 한다. 그뿐만 아니라 회계 담당자는 음력으로 일주일에 한 번씩 지출 목록을, 매달 마지막 날에는 회계 장부를, 매년 마지막 날에는 회계 결산 장부를 제출했다는 내용도 있다고 한다.

이윽고 마하세야 불탑에 오르니 석양에 붉게 물들어가는 지평선이 보인다. 장엄한 만다라 같다. 먼 숲은 이미 진보랏빛으로 변해 있다. 땅거미에 젖어드는 하얀 대탑과 저수지들이 찬란했던 스리랑카 불교 역사의 한 페이지처럼 접히려 하고 있다. 마치 경주 남산 칠불암에 올라 시가지 주변에 산재한 신라 불교 유적들을 보는 느낌이다.

비는 아난의 눈물이요,
천둥은 부처님 말씀이다

순례 일행은 스리랑카 내륙을 시계 방향으로 타원형을 그리며 답사하고 있는 셈이다. 스리랑카 최초 불교 전승지인 미힌탈레가 열두 시 방향이라면 다음 행선지 시기리야^{Sigiriya} 바위산(카샤파 왕궁터)은 두 시 방향이고, 중세 최대의 불교 유적지 폴론나루와^{Polonnaruwa}는 세 시 방향이다.

세계문화유산이 된 시기리야 바위산 요새가 카샤파^{Kassapa}왕의 왕궁이 된 사연은 우리나라로 치면 조선 개국 이후 태조의 아들들 간에 벌어진 왕자의 난과 흡사한바, 권력의 속성이란 피도 눈물도 없는 것 같아 씁쓸하다.

세계문화유산이 된 시기리야 바위산 왕궁터 이야기

다투세나왕의 아들, 즉 형 카샤파와 이복동생 목갈라나 간에 벌어진 세력 다툼이 시기리야 전투를 일으켰다고 한다. 두 형제는 어머니의 혈통이 달랐다. 카샤파 어머니는 평민이었고, 목갈라나 어머니는 왕족이었다. 이에 카샤파는 동생이 왕위를 이어받을까봐 두려워 다투세나왕을 감금시키고 자신이 왕이 됐다. 그러자 목갈라나는 형을 증오하며 남인도로 도망갔다. 이후 카샤파는 감금된 아버지에게 숨긴 재산을 밝히라고 협박했는데 아버지는 칼라웨와 저수지로 가서 "이것이 내 재산의 전부다"라고 말했다. 카샤파는 아버지가 자신을 농락했다며 부하를 시켜 살해해버렸다. 카샤파는 동생의 보복이 두려워 시기리야 바위산에 요새를 만들기 시작했다. 7년 만에 카샤파는 수도를 아누라다푸라에서 시기리야 바위산으로 옮겼다.

목갈라나는 남인도로 간 지 11년 만에 돌아왔다. 촐라족과 싱할라족의 지원을 받은 목갈라나 군대는 강했다. 이윽고 기원후 495년 카샤파와 목갈라나가 이끄는 두 군대는 평지에서 일전을 벌이기 위해 맞섰다.

그런데 갑자기 선두에서 진격하던 카샤파가 탄 코끼리가 수렁에 빠져 멈칫거렸다. 카샤파 군대는 이를 후퇴하라는 신호로 여겨 일제히 퇴각했고, 카샤파는 전장에 혼자 남게 되었다. 결국 목갈라나 군대에 포위된 카샤파는 칼로 자신의 목을 찔러 자살하고 말았다. 전투는 이처럼 싱겁게 끝났고 전투에서 승리한 목갈라나는 시기리야 왕궁을 승려들에게 기증하고 수도를 다시 아누라다푸라로 옮겼다. 이것이 시기리야 바위산 요새에 얽힌 이야기다.

앞서 다투세나왕이 저수지를 가리키며 "이것이 내 재산의 전부다"라고 한 것은 저수지가 선정을 상징하므로 내 재산은 오직 농사짓는 백성들에게 선정을 베푼 것뿐이라는 뜻이리라. 그런데 그의 아들 카샤파는 저수지 대신 시기리야 바위산 정상에 왕궁을 만든다. 바위산에 왕궁을 조성하면서 얼마나 많은 사람들이 죽었는지 모른다. 진시황제가 만리장성을 쌓으면서 수많은 양민과 노예들을 희생시킨 예는 중국 역사에 기록된 사실이니 카샤파도 비슷할 것이다. 예나 지금이나 자신보다는 백성을 위하는 것이 정치의 본질이자 위정자의 최고 덕목일 터이다. 카샤파는 다투세나왕과 달리 자신의 안위를 위해 폭정을 펼쳤으니 비참하게 망하지 않을 수 없었을 것이다. 불가의 말로는 스스로 지어서 받는다는 자작자수自作自受요, 악인악과惡因惡果다.

순례 일행은 평지에 우뚝 솟은 바위산 밑에서 신발 끈부터 고쳐 맨다. 안내문에는 바위산 높이가 600피트로 나와 있다. 약 182미터 높이의 거대한 바윗덩어리다. 난공불락의 정상에 왕궁을 지으려고 생각했던 카샤파의 심리가 짐작된다. 아버지를 죽이고 왕이 됐으니 자나 깨나 후환이 두려웠을 것이다. 그래서 그는 더욱 환락의 밤을 탐미했는지 모른다. 카샤파는 많은 왕비와 후궁, 하녀를 거느렸던 것 같다. 바위산 중간쯤에 왕궁의 세속적인 삶을 그린 벽화들이 카샤파의 환락을 추측하게 한다.

동굴에 그려진 벽화 속의 여인들이 처음에는 500여 명에 달했으나 지금은 열여덟 명만 또렷하게 보인다고 안내하는 청년이 말한다. 그러나 영문 책자에는 스물세 명이라고 설명하고 있다. 여인들은 왕비, 후궁, 공주, 하인이라고 한다. 어떤 여인은 꽃을 한 송이 들고 있다. 여인들은 대체로 아주 육감적이다. 눈짓으로 슬쩍 유혹하는 시선의 여인이 살아 있는 듯하다. 도톰한 입술, 풍만한 가슴, 잘록한 허리, 가느다란 팔과 자세, 볼록한 엉덩이 등 5세기 스리랑카 옛 미녀와 현대 미인의 조건이 너무도 흡사하다는 게 흥미롭다. 또한 고금을 막론하고 여인들은 귀걸이와 팔찌

사실적인 동굴 벽화와 왕궁터가 있어 세계문화유산이 된 시기리야 바위산.

물을 저장하는 대형 수조까지 갖춘 바위산 정상의 궁궐터.

등 장신구와 머리 모양 등으로 꾸미기를 좋아했나 보다.

처녀는 가슴을 드러내놓고 있지만 결혼한 여인은 속이 비치는 블라우스를 입고 있다. 처녀와 결혼한 여자를 구분하는 당시의 복식 규율이다. 투명한 블라우스를 섬세하게 그리고 있다는 점이 눈길을 끈다. 고려 불화는 선만으로 옷과 옷자락을 나타내고 있지만 여기 벽화에서는 살색의 명도 차이로 블라우스를 표현하고 있다는 것이 우리 미술 기법과다른 점이다.

순례 일행은 거울 벽Mirror Wall을 따라 오른다. 거울 벽은 회칠을 하여반사되게 만들었는데 다양한 문자와 그림이 있고, 그중에는 고대 문자로 쓴 카샤파와 목갈라나의 서사시도 있다는데 안내하는 청년도 자세히 모르는지 그냥 지나치고 만다. 사람들이 간단없이 오가기 때문에 여유를 부리며 머뭇거릴 시간이 없다.

이윽고 바위산 정상에 올라서서 보니 과연 왕궁의 흔적이 분명하다. 바위산 정상에는 당시 가장 중요했을 것 같은 수조水槽뿐만 아니라 왕과 왕비, 후궁의 유적이 남아 있다. 카샤파는 4년 동안 이곳에서 막강한 권력을 누리면서도 불안했을 것이다. 바위산 아래서 밤낮으로 사방을 감시하는 친위대도 때로는 믿지 못했을 것이다. 궁녀를 시켜 와불 전에 예배를 보게 했다는 거울 벽의 기록을 보면 절대자에게 의지하려던 카샤파의 초조한 심리가 짐작된다.

11세기부터 13세기까지 두 번째 수도가 된 폴론나루와 불교 유적들

남인도에 살던 타밀족의 침략 역사는 11세기로 거슬러 올라간다. 싱할라족이 아누라다푸라에서 담바데니야Dambadeniya로 수도를 옮기게 된 까닭도 인도 타밀족의 침략 때문이었던 것이다. 그리하여 현재의 폴론나루와는 11세기부터 13세기까지 두 번째 수도가 되는데, 12세기 파라크라마바후Parakramabahu왕 1세는 과거 아누라다푸라의 영광을 되살렸다고 전해진다. 특히 폴론나루와는 1미터 두께의 3중 성벽으로 둘러싸인 요새 도시이자 철저한 계획도시였다고 한다. 이마저도 타밀족의 침략으로 위협을 받자 14세기에 한 번 더 캔디Kandy로 천도하고 말았지만 말이다.

비가 오락가락하여 순례 일행은 잰걸음으로 불교 유적지들을 둘러볼

야외 수업 시간에 역사 유적을 답사하는 스리랑카 어린 학생들.

폴론나루와를 번성시킨 파라크라마바후왕 1세 입상.

수밖에 없다. 초입에 양각한 마애상磨崖像이 먼저 눈에 띈다. 12세기 때의 인물상으로 '현자'라고 불려 왔지만 최근에는 파라크라마바후왕 1세라고 추측한다. 그런데 관리가 허술하여 노지에 방치된 느낌이 든다.

조금 더 올라가자 불교 유적지가 무더기로 나타난다. 돌기둥 사이로 사자상만 남은 곳이 대회의실이었다고 한다. 폴론나루와를 마지막으로 통치한 니산카말라Nissanka Malla왕 때의 건축물이라는데 건축물 기둥으로 나무보다는 석재를 애용한 것이 우리나라와 다르다. 돌기둥 옆에는 앉을 사람의 이름이 새겨져 있고, 왕의 자리 오른쪽에는 대리인이 앉는 특별석도 만들어졌다고 한다. 조금 더 가니 비자야바후Vijayabahu왕 1세 때 만들어진 양각의 돌기둥 치아 사리탑인 라타 만다파Lata Mandapa가 아주 화려하고 정교한 모습으로 남아 있다. 옆에는 탑전塔殿의 용도 같은 돌기둥들과 서 있는 불상만 남아 있는 법당(아타다게)도 보인다. 물론 불교 유적만 있는 것은 아니다. 7세기 때 지어진 원형 시바 신전도 있다. 천도하기 전에는 이곳에 힌두교 사원들이 있었다는 증거다.

이러한 유적들 말고도 도시가 자랑하는 것 중에 하나는 파라크라마바후왕이 조성한 도시 외각의 관개용 저수지다. 명칭은 파라크라마 사무드라Samudra. 우리말로는 '파라크라마 바다'라는 뜻인데 길이 11킬로미터, 깊이 13미터에 이르는 인공저수지로 도시 남서쪽을 막는 방어용 해자 역할까지 했다고 한다.

스리랑카 불교문화를 상징하는 갈비하라의 열반상과 아난존자상

순례 일행은 다시 폴론나루와의 심장이라고 불리는, 12세기 때 초창한 갈비하라Gal Vihara 사원으로 이동해 바위 위에 앉아 가부좌를 튼다. 바위 사이로 뿌리내린 보리수 한 그루가 좌선을 도와준다. 야생 원숭이들이 옆에 와서 끽끽거린다. 순례 일행이 반가운 모양이다. 그러나 개 한 마리가 나타나자 견원지간犬猿之間이 아니랄까봐 서로 다툰다.

잠시 후 수불 스님의 법문을 들으며 갈비하라 풍경을 다시 보니 스님 말씀대로 천지간의 기운이 벅차게 감지된다. 오래전에 놓아버렸던 그림이 절로 그려지고 시상이 솟구친다. 나만이 아니라 순례 일행 모두가 좋은 에너지를 받고 있는 것 같다. 멀리서 천둥소리가 울려오고 서쪽 하늘에 번갯불이 번쩍인다.

스님 말씀에 의하면 장소의 기운도 고정된 것이 아니라 시간에 따라 변하는데, 순례 일행이 참배하고 있는 순간이 가장 좋을 것이라고 하신다. 풍사風師는 바람과 물의 기운을 고정된 실체로 보는 반면 눈 밝은 수행자는 기운도 제행무상諸行無常의 공한 도리로 보는 듯싶다.

갈비하라의 장관이라면 부처님 열반상과 아난존자상일 것이다. 스리랑카를 설명하는 도록 표지나 뒤표지에도 열반상과 아난존자상이 소개되어 있다. 열반에 든 평안한 마음의 부처님과 우수에 잠긴 아난존자의 마음을 명암처럼 대비시킨 걸작이다. 우리나라로 치자면 석굴암의 부처님 및 보살 조각과 비교할 정도로 탁월한 수작이다.

열반상의 길이는 14미터, 높이는 5미터이고 아난존자상의 높이는 7미터인데 모두가 화강암 덩어리를 깎아 만든 작품이다. 특히 미소를 띤 부처님과 슬픔을 삭이고 있는 아난존자의 얼굴 표정이 압권이다. 더구나 아난존자의 경우, 화강암의 검은 무늬가 눈 밑 광대뼈 위로 물결처럼 흘러 슬픔의 감정을 자연스럽게 표출시키고 있다. 천연의 바위 무늬와 장

폴론나루와 불상.

불치사 부처님 치아 사리와 더불어 스리랑카 국민들이 최고로 성스럽게 여기는
갈비하라의 부처님 열반상과 아난존자상.

슬픔에 잠겨 있는 아난존자. 스리랑카 최고의 걸작.

인匠人의 솜씨가 합작해 탄생한 불후의 걸작인 것이다.

좀 전에 내렸던 비가 아난존자의 눈물 같아 가슴이 허허롭다. 순례 일행 중에는 아난존자상을 보고 눈물을 흘리는 사람도 있다. 아난존자의 슬픔과 개인의 상념이 겹쳐 감정의 밀도가 배가되었겠지만 나 역시도 가슴속에 해일이 이는 것 같다.

비는 아난의 마음
하늘의 눈물이 바위를 식히고
나는 가부좌를 튼다.
보리수 그늘 아래
스님은 선정삼매에 들고
천둥은 침묵하는 부처님 말씀이다.

부처님 열반상과 아난존자상을 보고 있는 동안 나도 모르게 머릿속을 스쳐간 시상詩想이다. 번갯불처럼 머리에 불을 붙이는 발심發心의 외침이었다.

"이제 한국 불교는
산에서 내려와야 합니다"

일행은 갈비하라에서 만난 슬픈 아난존자상의 잔상이 가시기도 전에 담불라에 도착하여 버스에서 내린다. 담불라Dambulla는 바위라는 뜻의 담바Damba와 샘이라는 뜻의 울라Ulla가 합쳐진 단어다. 직역하면 '바위샘'이겠지만 담불라 사람들은 '마르지 않는 샘'이라고 풀이한다.

높이 180미터의 장엄한 바윗덩어리가 일행을 압도한다. 바위산이라는 표현이 더 어울릴 것 같다. 사원 옥상에 조성된 불상도 거대하다. 남국의 푸른 하늘과 황금 빛깔의 대불이 묘하게 대비되어 마음을 격동시킨다. 일행은 연꽃을 한 송이씩 받아 들고 대불 앞에서 삼배를 올린다.

한국의 동국대학교에서 유학하여 학위를 취득한 난다 스님이 안내를 자청한다. 한국어를 능숙하게 구사하는 학승이다. 난다 스님을 만난 것도 정복淨福이다. 나는 한-스리랑카불교우호협회 이사장 김효율 교수가 중재하여 담불라 승단 수만갈라Sumangala 종정스님과 인터뷰하기로 약속되어 있었던 것이다.

담불라 사원 불상 앞의 흐드러진 꽃 공양.

담불라 승단 대종사로부터 지혜의 말씀을 듣다

접견실로 가는 동안 여성 불자는 출입 금지라고 알려준다. 할 수 없이 순례 일행 중 수불 스님과 도반 스님, 은암 거사, 그리고 나만 접견실 복도를 걸어간다. 영문판 도록을 잠깐 펼치자, 스리랑카 최대의 담불라 석굴 사원에 대한 설명이 보인다. 요약하자면 다음과 같다.

바위산 중턱에 기원전 1세기 때 만들어진 유명한 바위 사원이 있는데, 현지인들은 '담불라 가라'라고 부른다. 절 문 오른쪽으로 다섯 개의 동굴이 나란히 있다. 첫 번째 동굴에는 자연석에 조각한 약 14미터 길이의 열반상이 있다. 벽에는 15세기에서 18세기 사이에 그려진 프레스코 양식의 다양한 벽화들이 남아 있다. 가장 규모가 큰 두 번째 동굴에는 신상과 다양한 불상들이 봉안되어 있고, 천장에는 프레스코 양식으로 부처님의 생애 등을 그린 벽화들이 있다. 이 벽화들은 싱할라인들의 역사를 연구하는 중요한 자료이다. 동굴은 인도의 아잔타 석굴과 같은 인공 동굴이 아니라 자연 동굴이다. 승려들이 머무는 동안 사원으로 정비됐을 것으로 추정된다. 암벽에 홈을 파서 빗물이 동굴 안으로 흘러들지 못하게 했고, 동굴 바닥은 수행하기 좋게 고르게 닦았으며, 암벽에는 하얀 옻칠을 하여 벽화를 그렸다. 세월이 흘러 벽화의 색깔이 바래면 그 위에 다시 그림을 그리는데 원래 무늬를 활용하기도 하고 전혀 다르게 그리기도 했다. 선명하고 다채로운 색조는 아직까지도 변하지 않고 있다.

어둑한 접견실로 들어선 우리는 다탁을 사이에 두고 수만갈라 스님과 마주앉았다. 먼저 수불 스님과 수만갈라 스님이 명함을 주고받았다. 난다 스님이 수불 스님에 대해서 설명하자 수만갈라 스님이 미소를 지으며 말한다.

"한국을 방문했을 때 선원장 스님을 뵈려고 노력했는데 못 뵈었습니다. 여기서 뵙다니 반갑고 기쁩니다."

"수만갈라 스님께서 부산 안국선원을 방문했다는 이야기를 서울에서 듣고 예를 갖추어 안내해드리라고 한 적이 있습니다."

한국에서 만나지 못한 회포를 스리랑카에서 뒤늦게 푸는 느낌이다. 두 스님의 말투에 진심이 어려 있다. 잠시 후 난다 스님이 내게 수만갈라 스님을 인터뷰하라며 기회를 만들어준다. 나는 명함을 건넨 뒤, 질문의 요지를 적어온 수첩을 꺼내 본다. 우선 스리랑카 불교 스님들에 대해서 묻는다.

"스리랑카 불교 스님들은 포교를 많이 하는 것으로 알고 있습니다. 그 이유는 무엇입니까?"

"우리나라 스님들은 복지나 교육 등 사회 활동을 하고, 또 산처럼 조용한 곳에서 위파사나 수행을 합니다. 그런데 위파사나 수행을 하는 스님은 소수입니다. 대부분의 스님들은 도회지나 시골 마을 등에서 장소를 가리지 않고 사회 활동을 하여 사람들을 불법으로 교화하고 있습니다."

"그래서인지 어떤 한국 사람들은 스리랑카 불교에는 수행이 없다고 평가합니다. 스님께서는 그 점을 어떻게 생각하십니까?"

"저는 스님들의 모든 행위를 수행이라 생각하고 존중합니다. 어째서 명상만 수행입니까? 불법으로 교화하고 가르치고 봉사하는 것 일체가 수행입니다. 부처님께서도 어느 자리에서나 불법을 전하라고 말씀하셨습니다."

"스리랑카 불교는 소승입니다. 소승의 특징에 대해서 말씀해주십시오."

"열반을 이루는 데는 세 가지 길이 있다고 생각합니다. 세 가지 길이란 대승, 소승, 금강승입니다. 절대가치로 비교할 수 없는 좋은 길들입니다. 나라마다 문화와 풍토가 다르듯 받아들이는 길도 다릅니다. 저는 스리랑카 테라바다 수행법이 부처님의 유일한 수행법이라고 믿습니다. 사실 대승 불교 수행법은 부처님의 수행법에서 조금 변화된 것입니다. 그러나 그 변화가 나쁘다는 것이 아닙니다. 한국인과 스리랑카인은 동등한 인격체이지만 분명 다릅니다. 수행법이 다른 것은 당연한 현상입니다."

"스리랑카는 남방불교 국가 중에서 유일하게 비구니 승단이 복원된 나라입니다. 스님께서 1000여 년 만에 비구니 승단을 복원하셨다는 얘기를 들었습니다."

"기원전 3세기 때 아소카왕의 딸 상가밋타 스님이 스리랑카로 들어와서 비구니 승단을 만든 역사가 있습니다. 제 노력이 아니더라도 비구니 계맥은 누군가 반드시 복원해야 할 일이었습니다. 현재 스리랑카에는 1996년 열 명의 비구니가 탄생한 이후로 10여 년 만에 600여 명의 비구니와 2000여 명의 사미니가 420여 군데 사원에서 수행하고 있습니다."

"스리랑카 불교와 달리 현재 한국 불교는 기독교와 비교할 때 사회적 영향력에서 아쉬운 점이 많습니다. 한국 불교 미래를 위해 조언을 한마디 해주십시오."

"스리랑카에는 1만여 개의 사원이 있고, 사원에서 세운 학교가 1만여 개 있습니다. 대부분의 절이 학교를 하나씩 가지고 있지요. 한국 불교도 교육과 복지에 눈을 떠야 합니다. 그래야 21세기 이후에도 살아남습니다. 이제 한국 불교는 산에서 내려와야 합니다."

수만갈라 스님은 인터뷰가 끝나자, 자신이 세운 불교방송국 건물을 보여준다. 전국 라디오 방송으로 청취율이 높다고 설명한다. 앞으로는 텔레비전까지 방송 영역을 넓히려고 한다며 의욕을 보인다. 수불 스님이 "대원력을 가지신 분이다"라고 평하며 고개를 끄덕인다.

난다 스님이 순례 일행에게 석굴 사원에 대해 친절하게 요점 정리를 해준다. 제1동굴은 황금 빛깔의 열반상이 유명하다. 제2동굴에는 절을 조성한 두타가마니왕의 석상과 56기의 불상 및 벽화가 있다. 여기에는 부처님 생애를 그린 벽화 이외에도 스리랑카 역사, 싱할라인과 타밀인의 전쟁을 그린 벽화가 있어 흥미롭다고 한다. 제3동굴은 18세기의 왕 키티 시리 라자하가 조성한 사원으로 57기의 불상이 있으며, 제4동굴은 좌상들이 많고, 제5동굴은 1915년에 조성된 새로운 사원이라고 한다.

스리랑카 최초로 삼장을 패엽경에 기록한 알루비하라 사원

순례 일행을 태운 버스는 패엽경 탄생지인 알루비하라Aluvihara 사원을 향해 달린다. 패엽경 역사에 관한 상식이 머릿속을 맴돈다. 기원전 3세기 때 인도의 마힌다 장로가 스리랑카로 건너온 이후 부처님 가르침이 수행자들 사이에 암송으로 전해졌다는 것이 정설이다.

그러다 기원전 1세기 때 대기근 사태가 경전의 필요성을 대두시킨다. 기근이 수년 동안 계속되자 일부 스님은 살아남기 위해 인도로 갔다. 사

패엽경 사원인 알루비하라 접견실에서 손수 사경한 패엽경을 건네준 노스님.

원들은 황폐해졌다. 스님들은 굶어 죽기까지 했다. 아누라다푸라 왕조는 잦은 타밀족의 침략으로 나라 살림이 피폐해진 상태였으므로 승단은 물론 백성을 돌볼 처지가 못 되었다. 스님들이 암송해온 불법은 절멸할 위기에 처했다. 이에 스님들 사이에서 불법을 문자로 기록해야 한다는 각성이 일었다.

불법을 기록하는 장소는 마탈레 지역의 알루비하라 사원으로 정했다. 아누라다푸라에서 남쪽으로 약 100킬로미터 떨어진 거리에 있는 알루비하라에 500명의 비구가 모여 7년 동안 네 차례의 결집을 통해 경율론 삼장을 야자수 잎에 팔리어로 기록했다. 그때까지 암송에 의해 전승되어온 부처님의 모든 가르침을 집대성했다. 당시 알루비하라에는 패엽경 제작을 위해 열네 개의 동굴이 조성되었는데 현재는 두 개의 동굴만 남아 있다고 하니 안타깝다.

알루비하라에 도착해서 석굴과 탑을 참배하고 내려오니 난다 스님이 자신의 승용차로 순례 일행보다 먼저 와서 칼로 구멍을 낸 야자수 열매를 하나씩 선물한다. 열매 속의 수액이 시원하지는 않지만 달착지근하다. 목을 축인 순례 일행은 강당으로 들어가 89세의 노승을 친견한다. 거동이 불편하여 의자에 의지한 채 겨우 앉아 있는 노승은 말린 야자수 잎에 평생 동안 옛날 방식 그대로 불법을 새겨온 이다.

스리랑카 승단에서 국사급으로 존경받는 수행자라고 한다. 기력이 극도로 쇠약한 상태인데도 순례 일행을 자애롭게 맞이하는 모습이 잊히지 않을 것 같다. 이윽고 노승이 수불 스님과 무량심보살님 등 몇몇에게 패엽경을 직접 건넨다. 노승을 시봉하는 난다 스님의 정성이 새삼 가슴에 와 닿는다.

불치사의 부처님 치아 사리를 친견하기 위해 줄을 선 스리랑카 사람들.

초저녁과 밤에도 관람할 수 있게 문을 여는 불치사 박물관.

종각에는 우리나라 범종이 매달려 있고 한글로 '나무아미타불'이라고 쓰여 있다. 이로 보아 난다 스님은 한국 불자와 스리랑카 불자 간의 우정을 위해 노력하는 지한파라고 해도 틀린 말은 아닐 것 같다. 종의 이름도 '우정의 종'이다.

마침내 부처님 치아 사리가 모셔진 불치사 법당에 들다

오늘 여정의 종착지는 스리랑카 마지막 왕조의 수도 캔디다. 더 정확하게 말하면 스리랑카 불교의 심장이라고 불리는 불치사佛齒寺다. 불치사의 스리랑카 이름은 달라다 말리가와Dalada Maligawa다. 그러나 영문 안내문에는 치아 사원Temple of the tooth으로 나와 있다.

치아 사리는 석가모니 부처님을 다비할 때 수습한 성물이라고 하는데, 4세기 때 인도 남동부 오릿사주 카랑카왕자가 자신의 머리카락 속에 감추어 스리랑카로 모셔왔다고 한다. 치아 사리는 스리랑카 사람들에게 신앙의 대상이기도 하지만 역대 스리랑카 왕조의 상징이었던 것 같다. 16세기 때 포르투갈이 스리랑카를 침략한 뒤 부처님 치아 사리를 강탈하려고 했을 때 당시 사람들은 모형 사리를 만들어 위기를 모면했다고 전해지고 있다. 1998년 타밀반군이 불치사를 향해 감행한 폭탄 테러도 국가의 상징성을 훼손하는 데 목적이 있었던 것이다.

순례 일행은 일부러 저녁 공양 시간에 맞추어 불치사로 들어간다. 부처님 치아 사리가 모셔진 법당의 문이 하루에 세 번 공양 올리는 시간에만 열리기 때문이다. 순례 일행은 사리함이 있는 법당까지 갈 수 있도록 사전에 허락받았는데, 그나마 근접해서 참배하는 것만으로도 다행이란다. 사리함 속의 치아 사리를 친견할 수 있는 시기는 8월 불교 축제인 에살라 페라헤라 때뿐이라고 한다. 네 명의 장관이 각자 가진 열쇠로 동시에 사리함을 열어야만 가능하단다. 그렇게 해서 공개된 치아 사리가 황금 연화대에 모셔진 뒤 코끼리 등에 실려 캔디 시내를 돌며 사람들에게 축복을 내린다는 것이다.

순례 일행은 때마침 법당에서 조우한 티베트 스님들과 함께 부처님 치아 사리의 거룩한 기운을 받아들인다. 더없는 행운이다. 비록 역사적으로 실존한 부처님의 치아 사리를 친견하지 못하고 사리함만 본다 하더라도, 내 안에도 마음부처[心佛]의 치아 사리가 있다고 생각하니 감흥이 배가된다. 스리랑카 순례를 멋들어지게 회향하는 느낌이다.

사원 밖으로 나오니 날이 이미 캄캄하다. 순례 일행은 이제 캔디에서 하룻밤을 묵고 차밭으로 유명한 누와라엘리야 산중 마을로 가 휴식을 취할 것이다. 그리고 다시 콜롬보로 돌아가서 부처님이 목욕을 했다는 전설이 있는 켈라니야 사원과 각종 불교문화재들을 소장한 강가라마 사원을 참배할 터인데 불치사의 감흥이 너무 강하여 혹시나 순례의 기쁨이 반감되지 않을까 걱정이 앞선다. 그러나 이러한 우려도 순례자의 교만일지 모른다. '하심이란 내 생각을 죽이고 시절인연을 잘 살피어 움직이는 것'이라는 무량심보살님의 말씀이 문득 뇌리를 스친다.

구나난다 스님이 1만 명의 군중이 지켜보는 가운데 기독교 목사 및 전도사와의 대논쟁을 펼쳐 스리랑카 불교를 지켜낸 시골 마을 파아나두라 순례 이야기는 다음 기회로 미룬다.

스리랑카 최대의 차밭, 누와라엘리야 산자락.

의상대사와
혜초가 순례한 불국토,

중국 오대산

중국인들은 오대산을 청량한 기운이 가득한 청량성경淸凉聖境이라고 한다.

청량은 극락과 동의어다. 그러니 청량성경의 오대산이 바로 극락정토다.

연꽃이 피어나듯
순례길 걸음마다 법향에 취하다

섭씨 40도의 한여름. 우리는 불볕의 북경에서 청량한 오대산을 향해 가는 중이다. 북경이 열뇌熱惱의 땅이라면 오대산은 서늘한 바람에 나뭇잎들이 반짝이며 합장하는 극락인 셈이다. 요나라 때 서경西京이었던 대동大同은 오대산으로 가는 길목으로 한국간화선연구소(소장:미산 스님) 일행은 이곳에서 1박을 한다. 순례 코스는 안국선원 선원장 수불 스님의 경험과 안목에 의존했다. 부산의 안국선원 부회장단 거사들과 내가 순례에 동참하게 된 것은 전적으로 수불 스님과 무량심 회장보살, 그리고 한국간화선연구소의 음덕陰德이 컸다.

중국에 우리나라 화엄사 동생뻘이 있었네

순례는 대동 시가지에 자리한 상화엄사의 대웅보전에서 시작한다. 일행이 『반야심경』을 독송하고 난 뒤, 수불 스님은 대중을 하나로 합친다는 대동이란 단어를 염두에 두고 다니는 순례가 되기를 발원한다.

스님이 법문하시는 동안 나는 문득 고려와 요나라를 생각한다. 유목민이었던 거란족이 세운 요나라는 왜 고려를 세 번이나 침략했을까. 고려가 송나라만 문화 강국으로 인정해 상대하려 했던 것이 하나의 요인 아니었을까. 문화나 종교적으로 요나라에서 배울 것이 별로 없다는 고려의 태도에 요하 북방의 대륙을 정벌한 요나라는 신흥 대국으로서 자존심이 상했던 것이다.

신흥 국가로서 문화적 열등감의 발로였을까. 요나라 황제들은 송의 문화를 넘어서기 위해 당의 문화를 빌려와 5경을 중심으로 거대한 절과 탑을 짓는다. 그리하여 성종, 흥종, 도종 때 융성한 진언종과 다라니 신앙의 거란 불교는 최전성기를 맞이하는바, 거란 대장경은 고려의 초조대장경 제작에 영향을 끼친다.

다들 아는 역사 상식이지만 거란 군대가 침략하자 한때 삭발 출가했던 고려 현종은 부처님 가피로 나라를 수호하고자 대장경을 제작하고 당진 안국사安國寺를 창건하며 불상을 조성한다. 즉 현종 2년(1011)에 발원하여 선종 4년(1087)에야 완성된 초조대장경은 송나라의 개보판開寶版 대장경과 우리의 역량 및 적국인 거란 대장경의 기술까지 참고하여 제작하였고, 관세음보살상은 신라 불교문화의 비밀인 황금 비율을 형상화하여 만들었던 것이다.

일행이 방금 참배한 상화엄사上華嚴寺 대웅보전도 요나라 청령 8년(1062)에 황실의 지원으로 초창되었다고 한다. 이후 병화로 소실되었다가 금나라 희종 6년(1140)에 중수되었다고 하는데, 우리가 든 전면 아홉 칸의 대웅보전은 요금 시대에 건축한 전각 중에서 가장 큰 법당이라

요나라 때 초창한 상화엄사 대웅보전의 오방불.

화엄사 산문 밖에서 도교 도사 복장으로 사람들의 운세를 봐주는 관상가.

고 한다. 법당 내의 오방불伍方佛과 앞으로 곤두박질할 듯한 20제천상帝天像은 명나라 때 조성한 성물인데, 하나같이 먼지가 허옇게 달라붙은 모습이라서 이제는 영기靈氣가 달아나버린 느낌이다. 544년에 창건된 우리나라 화엄사와 초창 연대만 가지고 비교하자면 한참 동생뻘이다.

수행자가 없는 탓일까. 혼이 없는 조화를 보는 것 같다. 요나라 불교의 눈부신 광휘를 기대한 것은 아니었지만 내내 안타까움이 솟구친다. 대동시 박물관으로 이용되고 있다는 안내문이 사실인 듯 제복을 입은 남녀 관리인만 보인다. 이는 한 울타리 안에 있는 하화엄사下華嚴寺도 마찬가지다. 상화엄사 서남쪽에 있는데, 범왕궁을 지나니 중심 건물인 박가교장전薄伽敎藏殿이 나타난다. 박가교는 불교와 동의어이므로 불경을 보관한 서각이 있는 전각이었던 것 같다. 박가교장전은 요나라 중희 7년(1038)에 초창되었다고 하니 상화엄사 대웅보전보다 더 오래된 전각이다.

운강 석굴 부처님 앞에서 북위 황제를 만나다

하룻밤을 대동에서 보내고 아침 순례를 서둘러 운강 석굴 앞에 당도하니 어제 보았던 풍광이 전생의 일처럼 아득하다. 사암 절벽에 노출된 운강 석굴의 첫인상이 몹시 강렬하여 어제의 잔상들이 지워져버린 탓이다. 대동시 서쪽의 무주산武州山에 조성된 운강 석굴은 동서 길이가 무려 1킬로미터쯤 된다. 천연의 절벽을 개착해서 조성한 석굴이 현재 45개이고, 부속 굴감窟龕은 207여 개이며, 불상과 보살 등이 5만 1천 존에 이른다는 설명이다.

과연 돈황의 막고굴, 낙양의 용문 석굴과 함께 중국 3대 석굴다운 웅장한 규모다. 석굴을 처음으로 개착한 시기는 비록 돈황의 막고굴(366)보다 100여 년 늦지만 중국 불교 미술사적 가치는 매우 높다. 그래서 2001년에 유네스코 세계문화유산으로 지정되었을 터이다.

황하 유역 이북은 4세기 말부터 선비족이 건립한 북위 왕조가 지배한 바, 북위는 평성(현 대동시)을 도읍으로 삼는다. 선비족 도무제는 도교를 신봉했지만 불경을 열람할 정도로 불교도 좋아했다고 한다. 그리하여 도사와 사문을 우대하였고 천흥 1년(398)에는 평성에 많은 절을 지었던 것이다. 그 정신이 이어져 명원제도 불법을 숭상하였다. 그러나 태무제는 초기와 달리 말년에는 가혹한 억불숭도抑佛崇道를 취했고, 이것이 중국 불교 역사상 제1차 폐불 사건으로 이어진다. 태평진군 7년(446)에 수많은 사문을 파묻고 불상을 훼손하는 폐불이 단행되었던 것이다.

그러나 태무제가 폐불한 지 6년 만에 그 업보로 죽고 문성제가 즉위하자, 모든 북위 땅에 복불復佛의 칙서가 내려진다. 이때 사문통沙門統(종교 장관)으로 임명된 담요曇曜가 황제의 명을 받아 화평초년(460)에 운강 석굴을 개착하기 시작하여 효문제 태화 18년(494)까지 석굴 조성을 대부분 완성했고, 이후 지방 관리나 호족이 효명제 정광 5년(524)까지 계속 조성하였다고 전해진다.

순례 일행은 이른 아침부터 모여든 중국인 참배객들을 보고 놀란다. 현대적으로 조각한 담요의 입상 쪽에서부터 석굴 입구까지 인산인해를 이루고 있다. 중국인들의 혼과 약동하는 중국 불교의 활기가 절로 느껴지는 인파였던 것이다. 담요 입상과 최근에 조성한 조형물들도 하나같이 세련되어서 남의 것이지만 일불제자一佛弟子로서 고마운 마음이 드는 건

나만의 감상은 아니었으리라! 수불 스님도 혼잣말로 중국 불교의 의미 있는 변화라며 우리 불교와 비교해 지적하신다.

"중국 불교가 깨어나고 있으니까 중국인들이 이렇게 몰려와 불법의 향기를 맡고 가는 겁니다. 그런데 우리 불교는 미래를 위해 불교적 대안을 분명하게 제시해야 함에도 불구하고 아직도 잠자고 있는 것 같아 안타깝습니다."

석굴 입구 매점에서 도록을 한 권 사는 동안 순례 일행은 벌써 인파에 가려져 보이지 않는다. 매점 아가씨가 인민폐만 받는다고 고집하자, 부산의 범선凡禪 거사 서종만 씨가 달려와 도와준다. 일행과 떨어진 나와 범선 거사는 담요 5굴(제16~20굴)부터 감상하기로 한다.

담요 5굴은 담요가 운강 석굴들 중에서 가장 먼저 조성한 굴이라고 한다. 5굴의 내부는 말발굽형인데 삼존불이 봉안되어 있다. 벽에는 천불이 있는데 불상의 복식과 의관, 다리를 교차한 교각交脚 자세 등이 서역 풍이지만 얼굴에는 중국 북방인의 특징이 나타나 있다고 하는 것이 정설이다. 특히 제16굴부터 제20굴에 조성된 불상에 북위의 도무제, 명원제, 태무제, 경목제, 문성제의 얼굴을 투영시켰다고 하니 흥미롭다. 그런데 내가 보기에는 북위 불상의 특징이라면 부처님의 눈동자를 새까맣게 그린 점안點眼이 아닐까 싶다. 당나라 이후 불상은 눈동자를 강조하기보다는 사유하는 반개형半開形 눈으로 변모하기 때문이다.

잠시 헤어졌던 순례 일행이 담요가 조성한 제20굴의 대불 앞에 모여 있다. 눈썹지붕이 사라지고 없으므로 별칭 노천대불이라고 알려진 높이 13.5미터의 석가모니 부처님이다. 회나무 푸른 그늘에서 무심코 바라보니 부처님 뒤에 조각한 화염문과 천불의 광배가 더욱 아름답다. 황제의

잠든 중국 불교를 깨어나게 하고 있는, 중국의 3대 석굴 중 하나인 운강 석굴의 불상들.

북위 황제의 얼굴이 투영된 제20굴 노천대불(석가모니불).

현존하는 목탑 중 최대최고인 불궁사 석가탑 (응현목탑).

얼굴이 투사된 이 대불 역시 삼존불 형식인데 왼쪽의 보살상은 어느 세월엔가 파괴되어 흔적만 남아 있다. 불법의 가르침대로 제행무상의 도리다. 바위를 깎아 조성한 불상들도 생로병사를 보여주고 있는 것이다.

순례 일행은 다시 오대산 가는 길에 있는 현공사와 불궁사를 들른다. 절벽에 나무기둥을 박아 들어선 현공사는 북위 후반에 초창된 것으로 전해지는데, 이후 요금 및 명청대에 끊임없이 중수되었다고 한다. 절 초입의 바위에 음각된 장관壯觀이라는 붉은 글씨가 눈에 띈다. 복각한 이백의 글씨인데 현공사의 풍광을 한마디로 요약해주는 것 같다. 그러나 순례 일행의 대미를 장식해준 것은 아무래도 요나라 청령 2년(1056)에 조성된 팔각형 누각식 5층 목탑인 67.31미터의 불궁사 석가탑이라는 생각이 든다. 속칭 응현목탑應縣木塔이라고 하는데 현존하는 목탑 중 최고최대最古最大인 것이다. 때마침 참새와 제비 중간쯤의 날것들이 허공에서 군무를 하고 있다. 목탑의 흰개미를 먹고 사는 새라고 한다. 목탑에 내걸린 천주지축天柱地軸이라는 편액 글씨가 실감난다. 하늘을 떠받드는 기둥 같고 땅을 중심 잡는 축 같은 것이다. 내 상상이지만 목탑 안의 부처님은 정각을 막 이룬 뒤의 35세 청년 부처님이다. 나무로만 결구한 목탑이 1000여 년 동안 풍우와 지진을 견뎌온 데는 풋풋한 청년 부처님의 힘도 한몫 했을 것이라고 믿어진다.

장엄한 문수 신앙의
오대를 가다

차창으로 산처녀의 영혼 같은 감자꽃이 희끗희끗 스친다. 끝도 없이 펼쳐지는 오대산 감자꽃은 문득 내 시간을 1000년 전으로 돌려놓는다. 신라 시대의 자장율사도, 혜초 스님도 도의국사도 이 산길을 걸으며 저 감자꽃 향기를 맡았으리라. 낯선 산촌에 들러 탁발한 감자 몇 개로 허기를 달래며 걸어갔으리라. 깊은 산록으로 들어서자 날은 금세 어두워진다. 비구름까지 가세하여 순례 일행을 태운 버스는 완만하게 속도를 줄인다. 서행하던 버스가 마지막 고갯길을 앞두고는 급정거까지 한다. 방목하는 소 한 마리가 산길을 막고 있다. 그러나 나는 비구름 속에서 등장한 소를 상서로운 징조로 받아들인다. 십우도十牛圖에서 소는 진리의 상징이 아니던가. 우리 일행이 오대산에 온 것도 사실은 십우도의 한 과정이 아니겠는가.

자장율사의 계율 정신을 흠모하여 오대산 중대에 올라 참배하는 스님들.

오대산 양귀비꽃과 나도개미자리꽃.

허공에 일월이 함께 뜨니 문수와 보현이 춤을 추네

다음 날, 순례 일행은 극적인 반전을 맞이한다. 비구름은 사라지고 오대산 허공이 쪽빛으로 푸르다. 일광여래日光如來가 지혜의 빛살을 선사하고 있다. 수불 스님에게 다가가 "어젯밤에는 오대伍臺를 보지 못할 것 같았는데 오늘 날이 좋습니다" 하고 아침 인사를 건네자, 스님이 "문수의 친구들이 왔으니 좋아야지요"라고 덕담을 하신다.

하얀 미니버스로 갈아탄 순례 일행이 먼저 참배할 곳은 해발 2894미터의 중대 취암봉翠岩峰이다. 오대로 오르는 산길을 멀리서 보니 마치 하늘거리는 비천의 옷자락 같다. 오대산은 중국 4대 불교 명산 중 하나이다. 산서성 오대현 동북쪽에 위치하며 다섯 봉우리 높이가 해발 2000여 미터부터 3000여 미터에 이르는데, 놀랍게도 축구장 몇 개의 크기인 정상은 편편하게 대臺를 이루고 있다.

오대산 문수 신앙은 『화엄경』을 근거로 전개되었다는 것이 학계의 정설이다. 『화엄경』 '보살주처품'에 "동북방의 보살 주처에 청량산이 있는 바 그곳에 문수사리보살이 있어 1만 권속을 거느리고 항상 설법을 하고 있다"고 나와 있는 것이다. 이와 같은 문수 신앙은 우리나라 오대산도 마찬가지다.

고지로 오를수록 키 작은 야생화가 지천으로 피어 있다. 야생화 전문가인 파은 거사 채기수 교수가 꽃 이름을 하나하나 말해준다. 꿩의다리, 물사리, 구름국화, 나도개미자리꽃, 골무꽃, 분홍바늘꽃, 양귀비 등의 꽃들이 화장세계華藏世界를 이루어 눈을 맑히고 마음마저 씻겨준다.

중대에 자리한 절 이름은 연교사演教寺. 순례 일행은 연교사 법당으로 바로 들어가 유동문수孺童文殊를 참배하고 뒷문으로 나서 바로 태화

멀리 보이는 오대산 중대 취암봉 연교사.

지太和池가 있는 곳으로 이동한다. 최근에 연교사 대중이 정자 하나와 태화지를 복원했다고 하는데, 어떤 근거로 불사했는지는 솔직히 잘 모르겠다. 다만 내가 태화지에 눈이 가는 이유는 이곳에서 자장율사가 문수보살을 친견했다는 기록 때문이다. 『삼국유사』에 다음과 같은 글이 있는 것이다.

법사가 중국 오대산 문수보살의 진신을 보려고 신라 선덕여왕 때인 당나라 태종 정관 10년(636)에 입당을 했다. 처음에 중국 태화지 못가의 석상 문수보살이 있는 곳에 이르러 경건하게 7일 동안 기도했더니 문득 꿈에 부처가 네 구절의 게송을 주었다. 법사는 꿈에서 깨어나 그 게송을 기억하였으나 모두 범어이므로 그 뜻은 알 수 없었다. 다음 날 문득 한 노승(문수보살의 화현)이 나타나 붉은 깁에 금점金點이 있는 가사 한 벌과 부처의 바리때 하나와 부처의 정골 사리 한 조각을 가져와서 법사에게 주었다.

이후 자장율사가 이곳 태화지에서 1주일을 더 머물며 재를 지냈다는 기록이 『삼국유사』에 보이는바, 호기심을 갖지 않을 수 없었던 것이다. 순례 일행은 누가 먼저라고 할 것 없이 중대의 창공을 우러른다. 서대와 북대의 허공 가운데에 해와 낮달이 함께 떠 있다. 희유한 일이다. 승속을 불문하고 모두가 신심을 내어 합장한다. 나 역시 문수보살과 보현보살을 함께 친견하는 것 같은 정복을 누린다.

서대로 가는 도중인데도 중대에서 느낀 감흥이 아직 가시지 않은 듯 한국간화선연구소 책임연구원으로 있는 다암多庵 거사 김홍근 박사가 속

오대산 서대 가는 길, 수불 스님이 앞장서고 혜민 스님과 무량심보살님이 뒤쪽에서 걷고 있다.

내를 고백한다.

"중대의 넓은 평원에 빈틈없이 핀 야생화를 보는 동안 한국의 간화선이 전 세계로 퍼져나가 깨달음의 꽃을 피우는 화장세계가 되기를 기원했습니다."

불구덩이 속에 들지 않고 어찌 지혜문수를 만나랴

괘월봉挂月峰(2773미터)은 달이 거울처럼 걸려 있는 봉우리라 해서 붙여진 이름이고, 서대에 자리한 절 이름은 법뢰사法雷寺다. 법뢰란 부처의 설법을 천둥의 울림에 비유한 말이니 사자후와 다를 바가 없다. 그래서 법뢰사에 사자후문수獅子吼文殊가 상주하는가보다. 바람이 조금 거세진 듯 불경 구절이 인쇄된 오색 헝겊의 타르초가 펄럭인다. 인도나 티베트 사원에서 수없이 보았던 타르초다. 티베트인들은 타르초가 펄럭이는 소리를 바람이 불경을 읽고 가는 소리라고 믿는다는데, 부처의 가르침이 온 우주에 가득 퍼지라는 서원이 담겨 있는 듯하다. 실제로 중국인 참배객들이 탑 주위에서 손바닥만 한 오색 종이를 바람에 날려보내고 있다. 오색 종이에도 티베트어로 불경 구절이 적혀 있다. 중국인들에게도 밀교 신앙이 이미 생활화되었다는 방증이다. 오대산 밀교 신앙의 역사는 금강지金剛智의 제자인 불공不空 때로 거슬러 올라간다. 인도 출신인 불공은 당 현종의 초청으로 장안에 온 이후 숙종, 대종 등 3대에 걸쳐 황제의 신임을 받아 중국의 옛 도시와 오대산까지 밀교를 전파한 고승이다.

불공은 당 대종의 후원으로 오대산에 금각사를 창건하고, 이후 신라 구법승 혜초가 여기에 오랫동안 머문다. 오대산에서 열반한 혜초는 금강지로부터 법을 받기도 했지만 불공의 6대 제자 중 한 사람이라고 전해지고 있다. 그런가 하면, 조계종 종조인 도의가 784년에 입당하자마자 오대산으로 가 문수보살의 감응을 받았다고 하는데 혹시 열반 직전의 노승 혜초를 만나지 않았을까 하고 추측해본다. 이와 같은 개연성은 충분하지 않을까 싶다. 낯선 중국 땅에서 신라 구법승끼리의 만남은 너무도 자연스러운 일이다.

다음으로 우리가 간 곳은 남대 금수봉錦繡峰(2485미터) 보제사普濟寺다. 지혜문수智慧文殊를 봉안한 곳인데 앞서 가던 혜민 스님의 표정이 갑자기 숙연해진다. 중국 스님과 신도들이 남대를 향해 삼보일배로 다가오고 있다. 오대산 초입부터 삼보일배로 올라왔다고 하니 경이롭다. 중국 스님이 '나무문수보살'하고 선창하며 절을 하면 뒤따라오는 재가 신도들이 복창하면서 무릎을 꿇는다. 나도 기회를 잡아 삼보일배를 하고 싶다.

나는 중국 스님의 모습이 너무도 거룩해 스님에게 주소를 부탁한다. 그러자 스님이 한자로 적어준다. '江蘇省 鎭江 大港紹隆寺 苦煩人智學 강소성 진강 대항소륭사 고번인 지학.' 자신을 고번인이라고 낮추고 있다. 고통스럽게 번민하는 사람이라는 뜻이다. 조금 전 스님의 삼보일배를 보았기 때문에 진정성이 느껴진다. 스님을 만난 사실만으로도 남대를 다 본 것 같다. 들끓는 번민의 불구덩이 속에 들어가보지 않고 어찌 지혜문수를 만날 수 있을 것인가! 나중에 안 일이지만 혜민 스님은 그 중국 스님에게 지갑 속에 있는 것을 다 보시했다고 한다.

순례 일행은 점심 공양을 하기 위해 잠시 숙소로 내려갔다가 화북의 지붕이라 불리는 북대 엽두봉葉頭峰(3058미터), 무구문수無垢文殊가 계시는 영응사靈應寺를 참배한 뒤 오늘의 마지막 참배지인 동대 망해봉望海峰

오대산 동대의 아득한 산자락과 삼매를 이루어 무념무상이 된 그대는 누구인가?

(2795미터) 망해사^{望海寺}로 내려가는 중이다. 망해사를 들른다면 하루 동안 오대를 모두 참배한 행운을 누리는 것이니 연극으로 치면 1막 5장의 장엄한 대서사극을 삼매경에 빠져 오롯이 감상한 셈이다.

　잰걸음으로 망해사에 다다른다. 절을 향해 운해^{雲海}가 몰려오고 있는 까닭이다. 망해사 문수보전의 총명문수^{聰明文殊}를 참배하고 나니 어느새 운해가 점령해 있다. 오대산의 모든 풍경이 운해 저편으로 사라져버렸다. 눈앞에는 법의 바다뿐이다. 이윽고 하산하는 길에 은암^{隱庵} 거사 김성부 시인이 「오대산 망해사에서」란 시를 읊조린다.

　망망한 법의 바다 위에 반야용선이 떴다/ 창창한 우주법계 높이 올린

돛/ 바람도 구름도 미물도 야생화도 다 올랐다/ 자! 힘차게 노를 저어라/ 총명문수보살의 지혜가 운해를 이룬 곳/ 망해봉을 뛰어넘어 오대를 모두 태워라/ 선지식의 힘찬 호령소리, 업장을 불살라/ 대자유를 향유하게 할 날 멀지 않았다/ 자! 생사 걸고 백척간두로 키를 잡아라/ 반야용선이 정박할 항구가 바로 보인다

부처님 진신 사리 1과가 봉안된
대백탑

신라의 구법승들이 오대산에서 문수보살을 친견했다는 이야기를 이제야 조금 알 것 같다. 오대산에 실제로 와서 보니 그런 감응이 현실이든 비몽사몽의 체험이든 간에 가능했으리란 생각이 든다. 오대산은 어디를 가나 문수보살이 봉안되어 있다. 산 정상인 오대를 가도 그렇고, 산 아래 마을인 대회진臺懷鎭에 건립된 사찰들도 그렇다. 발길 닿는 곳, 눈에 띄는 곳마다 문수보살상이 조성되어 순례자들의 참배가 이어지는 것이다. 그러니 수행자로서 문수보살과의 어떤 감응도 없다면 무감각한 것이 아닐까 싶다.

공부인에게는 한줄기 서늘한 바람도 선지식이라네

일행은 비가 오락가락하는데도 불구하고 대회진의 사찰들을 순례하기로 한다. 순례도 일종의 용맹 정진이고 행선行禪이다. 숙소를 나와 첫

유객지보^{游客止步}, 유객은 문 안으로 들어오지 말라는 패다. 안에는 진실로 공부하는 수행자가 있는가?

공양간 소임을 맡은 스님들이 마치 무술을 시연하는 듯한 자세를 하고 있다.

번째로 간 곳은 오대산 사찰 중에서 가장 역사가 깊고 규모가 큰 영취봉 현통사顯通寺다. 황제의 사액사찰賜額寺刹로서 맏형 격의 절이다.

현통사는 동한東漢 영평 11년(68)에 초창되었는데, 북위 태화 연간(477~499)에 효문제가 이곳에 들러 한 스님으로부터 산세가 인도의 영취산 같다는 얘기를 듣고 영취봉으로 개산하고 절 이름을 영취사로 바꿨다고 한다. 이후 화원사花園寺, 화엄사로 불리다가 명나라 태조가 현통사로 사액을 내렸는데 명 신종이 다시 영명사永明寺로 고친 바 있고, 청나라 성조 때 다시 현통사로 불리게 되었다고 한다.

산문을 들어서서 보니 가람들이 다닥다닥 붙어 있는데, 설명에 의하면 전각과 당우를 합쳐 총 400여 칸이나 된다고 한다. 일직선상으로는 관음전, 대문수전, 대웅보전, 무량전, 천불전, 동전, 장경전이 있고 좌우에 여러 당우와 승방들이 겹으로 배열된 구조다. 마침 대문수전에서는 재를 치르고 있어 밖에서 합장만 하고 회랑을 따라 천불전까지 가는데, 앞서 가던 스님들이 걸음을 멈춘다. 선불장이란 예사롭지 않은 편액이 보인다. 순례 일행은 잠깐 시간을 내어 편액 아래 앉아 '10분 참선'에 든다.

가만히 반가부좌를 틀고 있으니 영취봉이 응답한다. 한줄기 서늘한 바람을 보내오는 것이다. 『삼국유사』를 편찬한 일연선사가 맑은 바람이 바로 그대의 선지식임을 알고 한 자리 차지함을 탓하지 말라고 한 말씀이 홀연히 떠오른다. 지금 불어오고 있는 바람도 어쩌면 현통사를 거쳐 간 수많은 수행자들의 덕화德化일 수 있지 않겠는가.

순례 일행 중 스님들은 맞은편 선당으로 간다. 재가불자들은 여전히 선불장 편액 아래 앉은 자세다. 이번 순례 중에 스님들을 시봉해온 보문

선당에서 본, 명대에 조성한 황금 법당. 달마대사가 보았다면 자청해서 지옥에 들어가는 일이라고 꾸짖을 터.

지보살과 태평지보살은 선정에 들고, 나와 같은 이들은 망상을 즐긴다.

지객 스님과 얘기가 잘 됐는지 스님들은 선당으로 들어간다. 잠시 후 나도 어두컴컴한 선당으로 가보았지만 스님들은 벌써 가부좌를 튼 상태다. 수불 스님 오른쪽으로 철오 스님, 진수 스님, 미산 스님, 중국 스님이 있고 왼쪽으로는 법일 스님, 대요 스님, 혜민 스님, 일담 스님, 오성법사 순서로 앉아 좌선삼매 중이다. 선당에도 이곳이 오대산이라는 것을 환기시키듯 칼을 든 문수보살상이 중앙에 봉안되어 있다.

이윽고 굵은 빗방울이 선당의 기왓장을 때리는 소리가 들린다. 밖으로 나와서 보니 재가자 순례 일행은 여전히 선불장 편액 아래서 참선하고 있다. 안국선원 신도들의 그런 모습이 신선했는지 향을 올리고 돌아가는 중국인 참배객들이 더러는 카메라 셔터를 누른다.

중층 구조로서 청대 양식의 전각이라는 대웅보전의 지붕에 눈이 간다. 지붕에 보주가 있는 까닭은 밀교의 영향일 것이다. 현통사 전각들은 중국 여러 왕조의 양식이 혼재되어 있다. 예를 들면 금빛으로 시선을 사로잡는 동전銅殿은 명대에 건립된 전각이다. 처마가 두 개인 2층 전각 동전은 명 만력 연간(1573~1620)에 묘봉선사妙峰禪師의 원력으로 건립됐다고 한다.

명대 고승이었던 묘봉선사가 13성 1만여 집에서 시주를 받아 형주荊州에서 청동 10만 근을 사들여 주조한 후 오대산으로 옮겨와 건립했다는 것이다. 동전 안의 벽면을 채우고 있는 1만 소불도 역시 동으로 조상했다고 한다. 벽면 곳곳의 만卍자는 명 신종의 모친인 이씨 왕후의 만수무강을 축원하는 주문이라는데, 황실과 묘봉선사 사이의 긴밀한 관계를 짐작할 수 있는 징표가 아닐까 싶다.

부처님 진신 사리가 봉안된 탑원사의 원대 대백탑.

순례 일행이 대회진 사찰 중에 두 번째로 걸어서 간 곳은 현통사 남쪽에 있는 탑원사塔院寺다. 이곳 역시 선종 사찰이다. 원래는 현통사의 탑원이었는데 명 영락 5년(1407)에 독립된 사찰이 되어 지금의 이름을 갖게 되었다고 한다.

오대산 연꽃 속에서 부처님을 친견하다

비가 더 세차게 내리는 바람에 순례 일행은 전각의 처마 밑을 이용하여 잰걸음으로 이동한다. 탑원사에서의 참배 대상은 당연히 대백탑大白塔이다. 도록 안내문에 실린 내용을 그대로 옮기자면 다음과 같다.

대백탑은 오대산을 상징하는 건축물로 중국에서 현존하는 원대의 복발식 탑 중 그 높이가 가장 높다. 대백탑은 원래 불사리탑이라고 불렀다. 원 대덕 5년(1301), 당 영락, 명 신종 때 중건되었다. 불교 전설에 따르자면, 고인도 마우리아 왕조 아소카왕은 8만여 과의 석가모니불 사리를 각지에 나눠 보내고 탑을 지어 보관하게 했다고 한다. 중국은 19과의 사리를 받아 그중 오대산에 1과를 보냈는데 대백탑 안에 봉안했다고 한다. 그래서 석가문불진신사리보탑釋迦文佛眞身舍利寶塔이라 명명했으며 줄여서 불사리탑이라고 했다. 이 탑은 벽돌 구조이며 지상 56.4미터의 높이로 북경 묘응사 백탑보다 더 높은데 두 탑 모두 네팔의 공예가가 설계한 것이다.

머잖아 황금칠을 한다고 하니 대백탑이 '대금탑'이라고 불릴지도 모

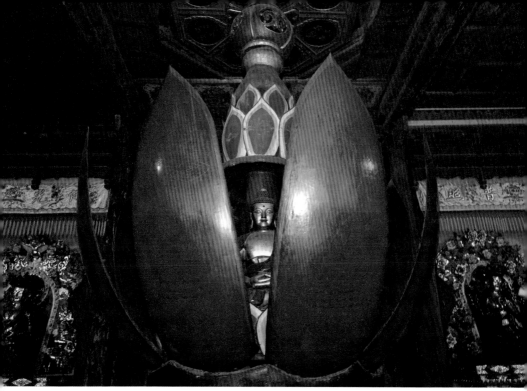

연꽃 속에서 부처님이 솟아나는 나후사 장경루의 움직이는 불단.

르겠다. 그런 생각 끝에 합장한 뒤 샛길로 빠져나와 이웃집 가듯 들른 곳이 나후사羅侯寺다. 당나라 때에 절을 초창했다는 사실을 증명하듯 산문 앞에 당대 조각한 웅장한 돌사자 한 쌍이 버티고 있다. 오대산에서 가장 큰 돌사자라고 하는데 과연 사자의 네 발이 힘차다.

그러나 나는 돌사자보다 중층 대장경루大藏經樓에 마음을 빼앗긴다. 누각 안에 봉안된 부처님이 마술을 하시는 것 같다. 불단을 돌리면 붉은 연잎이 퍼졌다 오므라졌다 하면서 부처님이 나투신다. 연꽃 속에 계신 부처님을 친견한 셈이다. '개화현불開花現佛'이라고 쓴 편액의 글씨를 실감나게 하는 역동적인 장치다. 대요 스님도 인상적이었는지 내게 다시 묻는다.

"장경루 1층 편액에 무어라고 쓰였는지 메모해두셨습니까."

"개화현불, 연꽃이 피니 부처님이 나투신다는 뜻인 것 같았습니다."

순례 일행은 다시 버스를 타고 수백 미터 내려와 수상사殊像寺를 참배한다. 수상이란 문수보살상을 줄인 말로 이곳 스님들은 수상사를 문수신앙의 조정祖庭이라고 설명하는데, 문수보살의 근본도량답게 푸른 사자를 타고 있는 문수보살상이 장엄하기 그지없다. 초창 연대도 동진東晉 초년으로 거슬러 올라간다. 그런데 금강산도 식후경이라고 했던가. 수상사의 채식 공양은 순례자들에게 인기 만점이라고 한다.

오후에 찾아간 첫 번째 절은 송대에 초창하였고 용천龍泉 물이 달고 차가운 용천사龍泉寺다. 패방과 당간지주에는 용과 봉황, 꽃과 열매들이 사실적으로 생생하게 조각되어 있다. 복발식 탑에 양각으로 조각된 불상들도 정교하다. 산서성 출신의 장인 호명주胡明珠가 1920년부터 1926년까지 석공 100여 명을 데리고 완성했다고 한다.

그런데 나는 도무지 신심이 나지 않는다. 여백 없이 꽉 채운 조각물들을 보고 있으려니 오히려 숨이 막힐 듯 답답하다. 가만히 지켜보니 이심전심인 듯 순례 일행도 걸음이 빠르다. 어느 분은 벌써 갈증이 나는지 용천의 물을 뜨러 올라가고 있다. 두 번째로 들른 벽산사碧山寺에 이르러서야 걸음이 유유자적해진다. 낯익은 소나무가 경내에 그늘을 드리우고 있어 우리 절에 온 듯하다. 때마침 비도 개어 참배하기에 안성맞춤이다.

북위 때 법총선사法聰禪師가 초창한 절이라 하고, 명청대에 중창한 가람들의 단청이 퇴색하여 고졸하다. 선원이 있는 절은 어디든 선풍이 있어 어떤 격조가 느껴진다. 비로자나불을 모신 뇌음전雷音殿과 장경루 사

벽산사 뇌음전에서 재를 지내는 중국 불자들.

조각 솜씨가 너무 화려하여 선뜻 다가서지 못하게 하는 용천사 석탑.

이에 있는 호국계단護國戒壇에 서니 오대산까지 와서 거듭 계를 받는 느낌이다. 장경루 오른편에 방장方丈이란 편액이 보이는바, 벽산사 방장스님이 나를 점검하시는지도 모르겠다. 호국계단은 내가 누구인지, 나의 본래면목을 되묻게 하는 회광반조回光返照의 자리다.

뜰 앞의 측백나무는
참된 공을 깨닫게 하네

바람이 상쾌하게 분다. 나뭇잎들이 작별을 아쉬워하며 손을 흔든다. 금각사金閣寺 108계단을 오르다 말고 뒤돌아보니 멀리 남대 금수봉이 보인다. 금수봉 위에 얹힌 절이 장난감처럼 작다. 금수봉 산자락에는 그늘이 짙게 드리워져 있다. 어제 보았던 오대산의 표정이 아니다. 하룻밤 사이에 또 다른 모습으로 변신해 있다. 이러한 산을 무어라 불러야 할까. 그렇다. 이게 바로 바람의 고향 같은 청량산의 자태다. 불볕더위에 시달린 순례자들에게 최상의 선물은 아무래도 한줄기 바람일 것이다. 오대산을 떠나면서 청량산의 바람과 조우한 사실이 오랫동안 추억으로 남을 것 같다.

금각봉 허공에 혜초 스님과 문수보살이 함께 계신 듯

안내자의 말에 의하면, 금각사는 지리적으로 남대와 중대 사이에

혜초가 머물면서 밀교 경전 『천발대교왕경』을 번역한 금각사 산문.

혜초가 보낸 소식인가, 오대산 소쇄한 바람이 금각사에 머물다가 돌아간다.

있다고 한다. 당 현종 때의 고승 도의道義가 오대산에 왔다가 금각이 허공에 홀연히 솟는 것을 보고 바로 그림을 그린 뒤 황제에게 주청하여 초창하였고, 이후 불공삼장의 제자이자 혜초의 사형 도환道環이 원력을 세웠고, 뒤이어 주지로 온 함광含光이 불사를 회향한바 불공삼장과 문도들이 모두 모여서 크게 재齋를 지냈다고 한다. 이때 대종 황제는 태원부太原府 관리들에게 재물 준비에 소홀함이 없도록 칙명을 내렸다고 전해진다.

그런데 이는 금각부공金閣浮空의 창건 설화로 다소 과장된 얘기이고, 실제로는 대종 때 불공삼장이 도금한 기와로 3층 법당을 짓게 하여 금각사로 부르게 되었을 것이다. 현재 금각사에는 여타 오대산 절들과 달리 대비전에 천수관음이 조성돼 있는데, 천수관음은 17.7미터의 높이로 오대산 불상 중에서 가장 크다고 한다. 또한 천수관음 앞에 천수관음의 부모로 불리는 묘장왕妙莊王 부부의 소상이 있는 것으로 보아 이는 도교가 습합됐다고 봐야 옳을 듯하다.

내가 국내에 처음으로 번역한, 도교의 한 분파인 원돈교圓頓敎의 『관세음본행경』에는 '흥림국 묘장왕에게 딸이 세 명 있는데, 그중 셋째 딸이 부귀영화를 누릴 수 있는데도 불법을 선택하여 부왕에게 갖은 고난과 박해를 받다가 마침내는 중병에 걸린 부왕을 위해 자신의 눈과 손을 떼어주고는 천수관음으로 나툰다'는 이야기가 나와 있는 것이다.

아마도 청대 이후에 도교가 습합된 것 같다. 당대에서 명대까지는 문수보살이 금각사의 주인이었을 터. 혜초가 금각사에 도착한 때는 당 건중 원년(780) 4월 15일이었다. 불공의 제자였던 혜초가 건원보리사[금각사]에 머물면서 20일 만에 밀교경전 『천발대교왕경千鉢大敎王經』을 번역하여 금각사 불단에 올린 일도 문수신앙에 대한 확신에서 그랬던 것이 아닐까. 혜초는 문수보살의 덕을 다음과 같이 설명하고 있는 것이다.

문수보살의 덕을 말하자면 신령스러운 자취는 강가강과 같고, 성스러운 깨달음은 무한한 신통력을 일으켜서 헤아릴 수 없는 오랜 시간을 위해 원력을 세우고 깨달음의 세계에만 머물지 않으니 더할 수 없이 존귀한 보살님이시다. 스스로 황금빛 정토에서 이 사바세계의 청량산으로 오셔서 뭇 중생들을 이끌어 깨우치게 하시고자 밝은 등불과 자비의 구름으로 나투시고, 때론 1만 보살로 나투신다.

혜초는 왜 금각사를 건원보리사라고 했을까. 그러나 가설이 분분하기 때문에 여기서 그 얘기는 접는다. 나는 일행과 떨어져 혹시 혜초 스님의 사리탑이 어디 있지 않을까 싶어 경내를 샅샅이 살펴보았으나 끝내 찾지 못하고 만다. 그래서인지 나는 금각사를 떠나면서 자꾸 멈칫거리지만 금각봉 허공에는 두 자락의 흰 구름이 떠 있을 뿐이다. 마치 혜초 스님과 문수보살이 함께 나타나 순례 일행을 굽어보고 계신 듯하다.

마음의 성품을 밝혀주는 조주차의 향기

다음 행선지 백림선사까지는 버스로 세 시간 정도 이동해야 하므로 북위 때 초창한 불광사 참배는 생략하자고 한다. 나는 지금까지 백림선사를 두 번 참배했다. 한 번은 『뜰 앞의 잣나무』를 집필하기 위해서였고, 또 한 번은 내 산방 아래에 있는 쌍봉사 호성전에 조주선사의 진영眞影을 모시고자 선사의 초상화 자료를 구하기 위해서였다.

『뜰 앞의 잣나무』 공안의 배경이 되는 백림선사 관음전과 측백나무.

백림선사 회랑의 '평상심', 평상의 마음이 도가 아닐 것인가!

쌍봉사 호성전에 왜 조주선사의 진영을 봉안하려고 했는지 의아해 하는 사람도 있을 것 같다. 쌍봉사를 창건한 스님은 신라 경문왕 때의 철감 도윤선사이다. 마조대사의 고족제자인 남전선사 회상에서 조주선사와 함께 공부한 법연法緣이 있는 선사다. 물론 조주선사는 20세쯤 남전선사의 '평상심이 도다'라는 벼락같은 말로 깨우쳐 일찍이 법상에 올랐고, 철감선사보다 스무 살 연상이므로 사형이라기보다는 스승에 가까웠을 터이다.

어쨌든 나의 제안으로 두 분의 법연을 기리는 두 선사의 진영을 마침내 쌍봉사 호성전에 모시게 되었으니 나와의 인연도 각별하지 않을까 싶다. 백림선사를 찾아가 당시 정혜 방장스님을 뵙고 취지를 말씀드리자, 노스님은 내게 '평상심시도平常心是道 일일시호일日日是好日'이란 선어禪語를 써서 격려해주셨는데 지금도 그때의 일이 생생하다.

백림선사의 옛 이름은 관음원觀音院으로 절보다는 작고 암자보다는 큰 규모였던 것 같다. 조주선사는 80세부터 열반에 든 120세까지 관음원에서 주석했다고 한다. 선사의 타고난 천품天稟은 7세 때 남전선사를 처음 만나는 장면에서 여지없이 드러난다.

"어디서 왔느냐."

"서상원瑞像院에서 왔습니다."

"상서로운 모습[瑞像]은 보았느냐."

"상서로운 모습을 보지 못했습니다만 누워 계신 여래를 보고 있습니다."

남전선사는 그제야 벌떡 일어나 앉았다.

선禪을 혁명하듯 일상으로 끌어내린 조주선풍의 진원지, 백림선사 선당.

"너는 주인 있는 사미냐, 주인 없는 사미냐."

"정월이라 날씨가 차갑습니다. 바라옵건대, 스님께서는 존체 만복하소서."

남전선사는 유나를 불러 말했다.

"이 어린 사미에게 자리를 마련해주어라."

순례 일행이 백림선사에 도착한 시각은 오후 두 시. 한낮의 더위 때문인지 절은 텅 비어 있다. 방장스님과 주지스님은 출타하고 부주지 격인 감원 스님이 안내를 한다. '조주차를 마시니 차향이 사방으로 퍼지는구나[趙州飮茶則茶香四溢]'라는 주련이 눈에 띤다. 조주의 위의를 느끼게 하는 7층의 조주탑은 여전히 당당하다.

수불 스님과 다른 스님 몇 분이 선당으로 들어가 참선하는 동안 나는 전각과 당우의 기둥에 걸린 주련들을 감상한다. 문선요[問禪療] 기둥에 걸린 주련 앞에서도 걸음을 멈춘다.

조주차의 향기는 마음의 성품을 밝히고[趙州茶香明心性]

뜰 앞의 측백나무는 참된 공을 깨닫게 하네[庭前柏樹惡眞空]

선방에서 돌아온 스님들과 객당에 앉아 땀을 들이고 있는데, 한국 불자들이 스무 명 남짓 들어온다. 중국 천진에서 온 수불 스님의 재가제자들이다. 스님께서 천진까지 건너와 간화선 집중수행을 시키셨다고 한다. 나의 산문집 『행복한 선여행』을 읽어봤다며 내게 반가움을 표시하는 젊은 보살도 있다. 수불 스님이 감원 스님에게 천진에서 온 불자들을 가리키며 "공부시킬 때는 숨도 못 쉬게 몰아붙였지요"라고 소개하자, 감원 스님이 "오늘은 제가 있으니 안심하십시오"라고 말하여 모두에게 웃음

조주선사의 위의가 느껴지는 7층 조주탑.

을 선사한다. 잠시 후에는 감원 스님이 조주선을 계승했다는 '생활선'에 대해서 설명한다. 이는 정혜 스님이 제창한 선으로 대중스님들이 재가자와 함께 수행하는 점이 특징이다. 중국 불교를 이끌어갈 재가불자를 양성하고 그중에서 출가자를 배출하는 것이 목적이라고 한다.

순례 일행은 다시 백림선사에서 10분 거리에 있는 조주교로 이동한다. 수나라 대업 연간(605~618)에 장인 이춘李春이 조성했다는 돌다리다. 버스 안에서 조주의 돌다리[趙州石橋]라는 공안公案을 음미해본다.

학인이 조주선사에게 물었다.

"오래전부터 조주의 돌다리에 대해서 들어왔으나 와보니 외나무다리만 보입니다."

"그대는 외나무다리만 보일 뿐 조주의 돌다리는 보지 못하는구나."

"무엇이 돌다리입니까."

"건너오너라. 건너오너라!"

조주선사가 다시 말했다.

"나귀도 건너고 말도 건넌다."

'건너오너라'는 속뜻은 밖에서 찾지 말고 스스로 깨치라는 말이 아닐까. 그리고 '나귀도 말도 건넌다'는 모든 중생을 이롭게 하겠다는 조주선사의 원력을 드러낸 말이 아닐까. 수당 시대에 하북과 하남을 잇는 유일한 다리였다는 조주교를 보니 그런 생각이 든다.

백 가지의 감회와
오롯한 행복마저도 내려놓다

북경에서 오대산으로 가는 길과 다시 북경으로 돌아오는 길은 달랐다. 갈 때는 운강 석굴이 위치한 대동을 거쳐서 갔지만 올 때는 백림선사와 융흥사, 임제사가 가까운 하북성 성도 석가장石家莊을 경유했다. 이번 순례는 강행군하면서 주마간산으로 감상하기보다는 수불 스님의 권유대로 깊이 들여다보면서 신심을 키우는 것이 목적이었다. 순례의 원칙이 있다면 선택과 집중, 그리고 여유를 즐기는 것이었다.

석가장 주변의 불교문화는 대동의 그것과 제법 차이가 난다. 대동 부근이 요금 시대의 불교문화가 본류라면 석가장은 송명 시대의 그것이라고 할 수 있다. 요금 시대의 불교문화를 보여준 대동의 화엄사와 석가장에서 18킬로미터 떨어진, 송명 시대의 불교문화를 그대로 간직하고 있는 정정正定의 융흥사隆興寺가 대표적이다.

중국 송대 건축을 대표하는 융흥사 대비각의 천수관음상.

기지개를 펴고 있지만 갈 길이 먼 중국 불교

순례 일행이 천진의 불자들과 함께 백림선사 참배를 마치고 찾아간 곳은 정정시 시가지에 있는 융흥사다. 나는 융흥사가 두 번째인 셈이다. 몇 년 전 임제사를 참배하고 나서 한 번 들렀는데, 지금 떠올려보니 절 정원에 모란꽃이 흐드러지게 핀 풍경밖에 생각나지 않는다. 아마도 임제사에서 만난 주지스님과의 인상적인 인터뷰 때문일 것이다. 그때 주지스님은 우리가 알고 있는 임제선사의 무위진인無位眞人[차별 없는 참사람]을 중국에서는 노장사상의 영향으로 무위진인無爲眞人[무위에 도달한 참사람]으로 해석하는 경향이 있다고 했던 것이다.

관광객들이 정정시에서 관리하는 융흥사를 꼭 들르는 까닭은 송대의 아름다운 건축물 때문이 아닌가 싶다. 송대의 불교 건축물을 연구하는 학자들은 반드시 융흥사를 찾는다고 한다. 불볕더위 때문에 융흥사 산문 앞에 놓인 돌다리도 뜨거워진 느낌이다. 굳이 돌다리를 조성한 이유는 차안과 피안을 구분하기 위해서일 것이다. 돌다리를 건너자 바로 융흥사 산문 격인 천왕전이 가로막고 있다.

융흥사는 수나라 개황 6년(586)에 용장사龍藏寺라는 이름으로 초창되었다. 송대에 가장 번성한바 그때에 불향각佛香閣, 대비각, 자씨각慈氏閣, 전륜장각 등이 건립되었다. 이어 원, 명, 청대에 계속 중수를 해왔는데 절 이름이 바뀐 것은 강희 45년(1706)에 황제가 융흥사라는 편액을 하사한 이후부터라고 한다.

대각육사전大覺六師殿 터를 지나니 불향각과 북송 황우 4년(1052)에 지어진 마니전이 있다. 우측에는 미륵입상이 봉안된 자씨각이, 좌측에는 송대 건축 중 최상으로 꼽히는 전륜장각이 있다. 중층 구조물인데 창이 작아 건물 안이 어둡다. 그러고 보니 미륵보살입상이 서 있는 자씨각이나 미타전 등이 모두 칙칙한 느낌이다. 밖에서 볼 때는 장중한 품격이 느껴지지만 전각 안은 사뭇 어두컴컴하여 사람을 은근히 긴장시킨다. 건물 안을 은밀하게 하여 사람을 위축시키는 것이 중국인들의 취향인지는 몰라도 밝고 양명한 분위기를 좋아하는 우리와는 어딘지 차이가 나는 것 같다. 눈을 마음의 창이라고 하는바, 창의 숫자나 크기는 그 나라 국민성을 짐작하는 데 참고사항이 될지도 모르겠다.

순례 일행은 천수관음입상이 봉안된 대비각을 참배하고 나서 생소한 광경을 접한다. 중국인 참배객들이 인민폐로 100위안을 보시하자, 대비각 어간 앞에 2열로 줄서 있던 악사들이 생황과 새납, 피리 등의 악기를 연주해준다. 악사들은 수입의 일정 부분을 시로부터 받는다고 하는데 슬픈 광경이다. 한쪽에서는 황제의 복식을 흉내 낸 옷을 빌려 입고 기념사진을 찍고 있다. 새들이 떠난 숲은 적막하다고 했던가. 수행자가 깃들지 않는, 관리인과 악사가 관리하는 절이 융흥사다. 기지개를 펴고는 있지만 아직 갈 길이 먼 중국 불교의 현실이다.

순례 일행에게는 선당의 참선이 바로 가장 멋들어진 회향

석가장에서 1박을 한 순례 일행은 다음 날 일찍 임제사를 찾는다. 수불 스님은 임제록을 강의한 바 있기에 더욱 기대가 된다고 말씀하신다. 융흥사와 지척의 거리에 위치하기 때문에 어제도 참배할 수 있었지만 오늘 더 넉넉한 시간으로 깊이 만나기 위해 아껴둔 셈이다.

평일에다 아침 시간인데도 경내에는 중국인 불자들이 북적거린다. 법당을 참배하고 나와 알아보니 때마침 오늘이 관음보살, 문수보살, 보현보살을 모시는 삼성전 준공식 날이라고 한다. 첫 삽을 뜨는 개토식開土式 날이라는 것이다.

임제사는 원래 임제선사의 사리 및 가사와 발우가 봉안된 탑을 지키는 탑전이었다고 한다. 당나라 예종 때 조성한 탑의 본래 이름은 당임제혜조징령탑唐臨濟惠照澄靈塔이고 줄여서 징령탑이라고 하는데, 9층의 눈썹지붕 기와가 모두 푸른 빛깔이므로 정정시 사람들은 청탑靑塔이라고 부른다고 한다.

순례 일행은 지객 스님에게 부탁하여 모두 선당으로 들어간다. 안국선원 신도회장인 무량심보살님을 중심으로 참선가풍을 이어가고 있는 안국선원 신도들에게 선당은 본래면목을 깨닫게 해준 자리다. 선원장 수불 스님이 방장실에, 좌우로 스님들이, 신도들은 맨바닥에 앉아서 참선에 든다. 이번 순례길의 공부인다운 회향이라는 생각이 절로 든다. 안국선원의 가풍이 그대로 드러나는 이심전심의 회향인 것이다. 선당을 나오자, 지객 스님이 점심 공양을 준비하고 있으니 객당에서 조금만 기다려 달라고 한다. 수불 스님이 순례 일행에게 짧게 한 말씀 하신다.

"오대산 순례 잘하고 임제사 선당에서 회향을 잘한 것 같습니다. 여기 온 것도 인연인데 삼성전 개토식 날 재공양한다는 것도 보통 큰 인연이 아닙니다."

대요 스님이나 미산 스님, 일담 스님, 혜민 스님 모두 미소를 머금고 있다. 미소 짓는 그 소식消息이 내 마음에도 전해진다. 천하의 임제선사가 제자들에게 깨우침을 주기 위해 '악!' 하고 할을 했던 선당의 선기가 느껴지는 것 같다. 삼성전 건립은 전 방장스님이었던 유명 노화상의 유언이라는데, 그 유지를 받드는 모습이 아름답고 훈훈하다.

공양을 마치고 객당으로 다시 돌아와 앉아 더위를 식히며 스님들이 이번 순례의 의미에 대해 한마디씩 한다. 나는 스님들과 신도들의 눈빛에서 맑은 행복을 읽는다. 진공묘유眞空妙有라고 하던가. 텅 빈 내면의 충만을 감지한다. 언어도단의 미소와 눈빛, 그것을 떠난 글쟁이의 다른 말은 군더더기라는 생각이 든다. 차라리 임제사 방장인 혜림慧林 노스님과 수불 스님과의 대화를 기록하는 것이 더 유익할 것 같다. 수불 스님이 올해 80세의 노스님에게 순례 일행 모두가 임제사에서 점심 공양을 한 것에 대해 인사한다.

배고픈 이에게는 밥이 관세음보살, 임제사 공양주보살이 관세음보살 같다.

담적사에서 본 중국 불자들의 향 공양.

"방장스님, 고맙습니다."

"우리들은 한 집안이니까 괜찮습니다."

"그 말씀이 더 고맙습니다."

"한 집안이니까 인사는 필요 없지요."

노스님이 일으키는 선풍이 모두에게 임제선사의 후예라는 연대감을 안겨준다. 노선객만 만나면 신심이 난다는 수불 스님께서 삼성전 불사에 무량한 복덕을 짓는다. 바랑 속에 있던 지갑을 지객 스님에게 보시해버린다. 작년에 양기 방회선사가 주석했던 양기사를 갔을 때도 그곳의 방장인 혜통慧通 노스님을 만나고 나서 복덕을 지으시던 생각이 난다. 절묘한 시절인연의 행각이다. 그때 양기사도 방장스님의 대원력으로 복원불사를 시작하는 개토식 날이었던 것이다.

순례 일행은 임제사를 나와 천진의 불자들과 작별한 뒤 북경으로 향한다. 북경에서 청대 황실 사찰 담적사, 고려 혜월 스님이 주석했던 석경사찰 운거사, 시가지에 자리한 법원사, 네팔의 복발식 탑이 우뚝한 백탑사, 티베트 불교 사찰인 용화궁 등을 참배하기 위해서다.

임제사를 떠난 지 세 시간, 순례 일행은 담적사와 운거사를 석양 무렵에 당도하여 차례로 찾아가 참배한 뒤 하루 일정을 접는다. 그리고 하룻밤을 달콤하게 자고 나서, 아침 햇살이 싱그러운 계태사戒台寺를 오른다. 중국 3대 계단戒壇 사찰인 계태사에서는 슬로비디오처럼 느림의 참배를 한다. 천년송千年松이라 불리는 적송과 백송 그늘 아래서 아침나절 내내 하염없이 쉴 뿐이다. 나는 천년백송을 키운 기운 좋은 땅 위에서 본래마음을 녹슬게 한 집착과 욕망을 씻고 또 씻는다.

이윽고 나는 '한 생각 내려놓으라'는 조주선사의 가르침을 떠올리며

중국 3대 계단 사찰인 계태사.

혼잣말로 '내 순례의 대단원은 방하착放下着!'이라고 외친다. 순례 중에 느낀 백 가지의 감회와 오롯한 행복마저도 무겁게 담고 가기보다는 무심히 내려놓고 떠나기 위해서다.

내가 누구인지를 깨닫지 못하고 발을 옮긴들

어찌 참다운 인생길을 알겠는가